COLLECTION SÉRIE NOIRE
Créée par Marcel Duhamel

Parutions du mois

2532. LARCHMÜTZ 5632
(JEAN-BERNARD POUY)

2533. LES CRIMES DE VAN GOGH
(JOSÉ PABLO FEINMANN)

2534. À CONTRE-COURANT DU GRAND TOBOGGAN
(DON WINSLOW)

2535. FAMINE
(TODD KOMARNICKI)

JEAN-BERNARD POUY

LARCHMÜTZ 5632

nrf

GALLIMARD

À des mecs comme Rolo

« J'ai un souvenir très violent de l'innocence des vaches »

M. Duras

La vie coule comme une traînée de miel sur la concavité d'une bétonneuse et puis, tout à coup, d'absurdes événements en changent le cours et la teneur.

Ici, à Kerguennic, tout allait très lentement, même si cette paix était sans doute relative. En tout cas, depuis sept ans, depuis que je suis arrivée dans ces prairies, peu de choses ont pu me troubler. Et pourtant, je suis extrêmement attentive au moindre accroc pouvant infléchir le dolent et laiteux trajet du temps. Car je suis vache, anglo-normande, j'ai ces beaux yeux veloutés qui enchantent les petits enfants et les femmes enceintes, je suis bien cambrée et profonde, comme a précisé, un jour, un maquignon du comice agricole de Tréogan en me remettant la médaille, je pais tranquille sur les pentes fort humides des Montagnes Noires, au beau milieu de ce qu'on appelle le TBB, le Triangle des Bermudes Breton, entre Rostrenen, Carhaix et Gourin. Je n'ai pas de nom, autre que ceux dont me gratifient, dans le désordre et sans aucune constance, ceux qui me gardent et boivent mon lait. Un jour, c'est Momone, un autre jour c'est Elsa, et quelquefois Catherine. Je sais bien à quoi ils pensent alors, en m'affublant de ces anathèmes, et je vois des femmes quelquefois très belles, souvent très moches, mais toujours un peu limite. Enfin... d'après eux. Je n'ai que ce numéro épinglé sur mon oreille gauche, 5632, drôle de bijou en plastique un peu orange. J'ai le piercing arithmétique.

J'appartiens au type qui est en train de cuver à mort dans le fossé, pas loin, le long du champ de haricots verts et que je surveille du haut de ma patience immémoriale. Cela dit, en ce moment, c'est plutôt lui qui m'appartient. Depuis que les vaches ne peuvent plus regarder passer les trains, pour deux bonnes raisons, un ils vont maintenant trop vite, et deux, dans le périmètre, ça fait une bouse qu'ils n'existent plus, les trains, alors les vaches, elles regardent passer tout simplement l'Histoire. Qui va très lentement. Mais sûrement.

Si je dis tout cela, c'est que je ne suis pas une vache ordinaire. Je suis une vache télépathe. J'ai l'impression que, dans les parages, je suis un cas unique. Mes consœurs sont mes sœurs, pas aussi crétines qu'on veut bien le dire, sans doute folles, pour certaines, et si elles sont devenues zinzin, ces pauvres bêtes, c'est à coup sûr parce qu'elles ont entendu les folies secrètes et tues des hommes qui les ont côtoyées. Mais quand je lis dans leurs pensées, c'est comme si je tentais de déchiffrer de gros édredons verdâtres. Je suis unique. Je ne sais pas pourquoi. Et personne ne me le confirmera, puisque personne ne le sait.

Benno, il a parfois l'air de s'en apercevoir, de mon

étrange particularité, un jour il a même dit que c'était le pays qui me rendait bizarre. Des fois, il me regarde, comme épuisé. Et il me fait la conversation.

— Allez, vas-y, grosse conne, parle ! Vas-y, te gêne pas. J'suis tout seul, j'pourrai jamais le raconter à quelqu'un ! Personne ne me croira, n'importe comment. Alors vas-y, allez ! Dis-moi un truc, je sais pas moi, bonjour, ça va ? ou alors vive Che Guevara, n'importe quoi mais meuh laisse pas commeuh ça, meuhrde !

Après, il se calme.

Moi, je ne peux pas. Il y a quand même des limites. Mais comme c'est lui qui meuh demande de parler et que je lis dans ses pensées, c'est donc comme si je parlais dans sa tête. C'est un labyrinthe. Quand il cause, je cause.

— Tu parles d'un bled... Allez, pousse tes miches.

Et je le vois penser à ce pays de dingues, à deux kilomètres, il y a un hameau qui s'appelle Bressillien et des types croient que c'est là, le site de Brocéliande, et non pas dans la forêt de Paimpont, ces mêmes zozos qui d'ailleurs sont prêts à croire n'importe quoi, y compris que c'est dans le bosquet d'à côté que Merlin serait enfermé... Enfin, si je dis ça, c'est que Benno le pense. Je vis donc, par procuration, la vie de ceux qui me gardent, qui me parlent, me ramènent à l'étable et me traient sans se douter un seul instant que, d'une certaine manière, c'est un peu moi qui les vide de leur substance.

Il faut dire que j'en sais des choses. J'ai une culture d'enfer. Assez rock and roll pour une vache. Plus des trucs que je n'oserais même pas répéter à un anarchiste inconséquent comme le geai du champ d'à côté, au gros stalinien de renard, celui qui a échappé à cinq campagnes de chasse et au moins dix fois plus de battues. J'en sais presque autant que les deux ahuris qui restent encore à la ferme de Kerguennic. Ce que je ne sais pas, c'est ce qu'ils se cachent à eux-mêmes. C'est la seule chose qui me différencie d'un divan de psychanalyste. À part le fait que ce genre de canapé terrifiant est souvent recouvert de la peau d'une de mes sœurs. Et je n'aime pas, mais alors pas du tout, cette idée.

En attendant, je veille sur l'autre allumé qui dort comme un bienheureux, rien ne perce de la barrique qui lui sert de calebasse, il est totalement anesthésié par l'alcool, étendu dans le fossé où de petites araignées des champs lui cavalent dessus. Au milieu des coquelicots, comme roupillant auréolé d'innombrables taches de sang. Tellement imbibé qu'il ne sent même pas les mouches lui courir sur les bras. Il s'appelle Benoît, mais pour tout le monde, c'est Benno. Son pote, Adrien, est à la ferme, en haut, dans la chaleur du grenier, sous la charpente en châtaignier, sur son grand lit, désormais trop vaste pour lui. Il cuve aussi. Un peu moins atteint. Je ressens des rêves. Je ne comprends pas tout, il y a des femmes aussi nues que moi. Avec des pis. Deux en général.

Ce que je sais, ce que je crois comprendre, c'est qu'hier soir ils ont vidé les placards, trouvé la gnôle de René, dans la belle bouteille avec des étoiles et l'étiquette de Saint-Fulgence, et après, ils ont ressuscité un fond de madère, je ne sais pas ce que c'est, mais Benno a trouvé ça profondément dégueulasse même s'il a fini la bouteille. Et après ce fut comme si leur cerveau avaient des pannes, c'était incohérent, Adrien s'est écroulé sur sa couche et Benno a cavalé dans la nuit en hurlant, dans sa tête, je voyais parfois des rues en feu, et des mecs en casquette le poing levé, puis il est tombé dans le fossé, sous le regard un peu hautain des digitales. Alors, j'ai changé de champ, je sais par où passer, puisque eux le savent, et je l'ai veillé, au cas où cette vacherie de renard viendrait lui mordre les mollets.

Et s'ils se sont mis à picoler à fond, c'est que, hier, deux événements ont tout changé. Le matin, Nadine, la femme d'Adrien, est partie avec les deux mômes. En pleurant. Elle n'en pouvait plus de cette vie, regarde mes mains, mais regarde mes mains, elle criait, alors elle revenait à la ville, et dans sa tête, je voyais un appartement très blanc, très bien rangé, des ikéa, conforama et canal plus. Benno, lui, la sienne, ça fait deux ans qu'elle a mis les bouts, elle fait dans le fromage, plus au sud à ce qu'il paraît, je la regrette, celle-là, Sophie, c'est celle qui savait le mieux me prendre le pis. Nadine, c'était la dernière qui résistait. Dix ans, dix ans, elle disait, dix ans... Mais c'est fini. Ils se sont passablement insultés. Des mots qu'ils ne voulaient pas dire, ou qu'ils ne pensaient pas, je le savais bien. Mais les enfants sont grands et ils ont droit au lycée... Les mômes, dans leurs têtes, je voyais qu'ils étaient contents, il y avait des images de chambres avec des affiches de chanteurs, des marques de bagnoles et d'autres trucs pas très clairs, mais joyeux.

Mon lait, je ne sais pas qui va le boire.

Le départ de la petite famille, ça couvait depuis

longtemps et ce n'était pas trop dramatique, l'Adrien, il allait suivre sous peu, c'est que Nadine pensait, il lui répondait qu'elle pouvait toujours courir, mais cette femme, jamais je ne l'ai vue courir, au contraire, son truc, c'était la patience et la lenteur.

Et il y eut le deuxième truc et celui-là, ce n'était pas du petit lait : ils ont reçu une lettre qui les a passablement perturbés. Qui a tout changé. Je ne vois pas encore pourquoi, mais cette lettre, ça fait vingt ans qu'ils l'attendent, sans l'attendre, mais en l'attendant tout de même. Dans leurs têtes, j'ai vu Paris, des appartements sombres, j'ai vu des armes et j'ai senti le danger et la fièvre, mais du bonheur aussi, de la volonté. J'ai vu le mot enfin. La trouille aussi. J'ai vu l'obéissance et la parole donnée. Je ne comprends pas bien. Je sais depuis longtemps l'effroi et le désir que leur procure un seul mot : dormeur. Cette lettre, ils l'ont à peine lue, ils se sont bornés à vérifier que c'était la même page, la 68, d'un livre qu'ils ont déniché dans ce qui reste de leur bibliothèque, et qui se nomme, ça, c'était bien inscrit dans leurs cerveaux, *Les Habits Noirs*. Et que, dans cette page, il y avait un nom, un certain Schwartz. Et qu'il y avait bien un Schwartz dans les Côtes d'Armor, ils ont vérifié sur le minitel.

Ils se sont regardés, soudain très graves, j'ai senti, à distance, le poids de l'émotion dans leurs yeux et ils ont levé le poing, ils ont chanté l'*Internationale* et se sont embrassés. Après ils se sont mis à boire comme des trous, comme jamais ils ne l'avaient fait. Et en picolant, ils ruminaient au moins autant que moi. Des idées noires, la fuite de tous ceux qui les avaient accompagnés ici, depuis plus de vingt ans, leur lâcheté en quelque sorte. Ils ont fait une sorte de bilan. Ils avaient eu raison d'obéir et d'attendre car ils s'étaient amusés, ici, avaient pris des forces, de la patience, de la sagesse, malgré les difficultés, le manque d'argent, les tracasseries. Depuis que je suis là, depuis sept ans maintenant, je les ai toujours sentis heureux quand même, et travailleurs quand il faut. Ils partaient à tour de rôle bosser à Rostrenen ou à Carhaix, quelquefois à Brest ou à Saint-Brieuc. Et les autres s'occupaient de la ferme, de ces connes de poules, des lapins, de moi, du jardin. Ils se démerdaient, mangeaient bien, s'en tiraient. Ont refait entièrement la longère qui, maintenant, est solide et saine. Ils nettoient mon étable, pas à se plaindre. De loin, Larchmütz, on dirait un manoir breton. Larchmütz, c'est le nom qu'ils ont toujours donné à ces quelques bâtisses en schiste ardoisier, aux murs épais tachetés de nombreux massifs d'hortensias. Bleus, les hortensias. Partout, ici, ils sont bleus, les hortensias, et ils ont de la veine, les Bretons, que les vaches n'aiment pas les brouter, ces putains d'hortensias.

La lettre était arrivée. Ça, c'était la phrase qu'ils ont le plus répétée, et même de plus en plus, au moins autant que de verres bus. Ils ont mis tout sur la table et ont décidé de partir comme cette lettre mystérieuse ne le demandait pas.

Après, l'alcool a brouillé mes maigres pistes. Je sais ce qu'ils pensent mais je ne comprends pas leurs mots. Je suis trop neuve et jeune.

J'ai senti Benno se réveiller, se rendre compte.

J'avais aussi mal à la tête que lui. C'est ça l'empathie. Je me suis couchée dans l'herbe pour ne pas avoir à bouger. En titubant, il est sorti du fossé en écrasant les pissenlits.

Il m'a regardée. Je sais qu'il s'est demandé s'il allait m'emmener, mais je l'ai senti triste, comme jamais. J'ai vu qu'il me voyait seule, mais qu'il me voyait aussi avec de l'herbe à perpète, et j'ai vu Marcel, le voisin, à la retraite depuis longtemps, qui viendrait me traire.

— Tu t'en fous, toi, tu vis ta vie de vache. Paître, péter et roupiller. Tu t'en fous, toi, de la douleur du monde, t'as pas à te le coltiner, ce putain de monde, t'as pas de morale. Tu rumines comme un gros con d'Amerloque, c'est tout... Et c'est moi qui bois comme une vache, merde.

Il est reparti vers Larchmütz. Malade, mais décidé.

J'ai décidé de me rapprocher un peu de la ferme, pour tenter de comprendre ce qu'il se passait.

*

Pendant deux jours, ils se sont affairés comme de beaux diables. J'étais trop loin, et ils bougeaient trop pour que je puisse tout saisir. Ils ont rangé des affaires, en ont brûlé d'autres, ont déchiré des papiers, vidé des tiroirs. Adrien est parti à la ville, j'ai perçu dans sa tête, alors qu'il dévalait le chemin devant moi avec sa vieille Volvo, qu'il pensait à un notaire, à vendre tout, à changer tout, à pomper un peu de fric. Pendant ce temps-là, Benno a sorti toute une cargaison de vêtements, de livres, et il continuait à boire, mais un peu moins, sans doute parce qu'il avait la gorge sèche, tout simplement.

Quand Adrien est revenu, il gueulait. Les champs, ouais, mais la baraque, ça serait beaucoup plus duraille, fallait attendre. Je ne comprenais pas. Et puis ils se sont remis au boulot. Ils ont rentré tout le barda que Benno avait mis deux heures à sortir. Et puis ils ont choisi un ou deux livres, pas plus ! criait Adrien, et des vêtements. Deux petits sacs à dos ont atterri dans la Volvo.

Après, ça a été la démence. J'ai compris qu'ils sortaient tous leurs vieux disques, qu'ils les retiraient des pochettes et qu'ils clouaient celles-ci partout autour de la maison. Et puis, à tour de rôle, ils ont lancé les disques en l'air et ils ont fait un carton au fusil de chasse, en rigolant beaucoup. Ils se sont disputés, Benno voulait garder des disques de Pete Brown et Piblokto et Adrien un vieux Yardbirds. De temps en temps, ils s'énervaient. Ils ont tiré au sort celui qui bousillerait à la chevrotine le Tarkus d'Emerson Lake and Palmer. C'est Adrien qui a gagné. En contre-partie, Benno a demandé le plaisir de canarder deux Ash Ra Tempel et la complète du Blue Oyster Cult. Et puis, à chaque fois, ils rigolaient, ou ils s'embrassaient, ou ils ne disaient rien, mais je les sentais penser qu'il ne fallait pas qu'ils parlent ou alors ils allaient chialer.

Surtout quand Benno a jeté en l'air un disque tout blanc qu'il disait être le seul truc valable des Rolling Stones.

Bref, je ne comprenais rien à rien, tout ce que je sentais, c'était le double bruit des détonations, celles que j'entendais, au loin, et celles, un peu avant, qu'ils entendaient, eux. Une torture. Je suis partie plus loin. Plus loin, près du hameau de Kerhouarn, ce qu'ils pensent n'arrive presque plus. À deux cents mètres, je suis un peu plus tranquille. Je me retrouve vache. Ça repose.

Mais quand j'ai vu arriver la camionnette de la gendarmerie, je me suis rapprochée en cavalant, je ne voulais pas louper ça. Je sais ce qu'ils pensent de ce genre de visiteurs, et je rigole à chaque fois. Une vache rigole, eh oui, le rire des vaches est profond et puissant.

Benno et Adrien ont regardé les pandores se garer au milieu du terre-plein, chassant la poule glousse, celle qui avait choisi le vieux pot de yaourt vide.

— Tiens... Les tuniques bleues.

— Les hortensias à roulettes...

— Ça tombe à pic.

— On va pouvoir leur dire adieu. Bye-bye. Bon vent. Vous pouvez crever. Chier dans votre képi.

— J'espère que c'est Goldorak.

Celui-là, c'était le chef, il venait souvent, rien que pour les emmerder, et leur amener des papiers que les autres n'aimaient pas recevoir. Les gendarmes, je les sentais bien, c'était assez simple dans leurs têtes, c'était de la pensée toujours du genre, ces mecs, le jour où on peut se les faire, ils vont morfler. Mais, dans leurs crânes, ça se calmait assez vite, ils se sentaient désarmés quand les gosses leur donnaient des gâteaux qu'ils avaient fabriqués eux-mêmes et quand les grands leur montraient les chèques que, justement, ils venaient de recevoir. Il y en avait toujours un, parmi les bleus à rayures blanches, qui pensait qu'elle avait bon dos, l'Europe, de subventionner cette bande de chevelus, et qu'elle ne savait pas ce qu'elle faisait, la région, en accordant des prêts fantômes.

C'était Goldorak. Hilare. Il a regardé le champ, la pile de disques, les éclats, plus loin.

— Qu'est-ce que vous foutez ? C'est quoi ce putain de ball-trap ?

— Que voulez-vous dire, bel étranger ? rigola Benno tout content.

— On nous a dit que ça canardait dans le coin.

— Ça m'étonnerait, les voisins, c'est pas le genre à ameuter l'armée. On dénonce pas, en Centre-Bretagne. On s'arrange, entre citoyens.

— C'est pas encore le Quatorze Juillet pour faire un tel barouf. Faut une autorisation...

— Vous pouvez être heureux, capitaine, on se casse, on repart, on s'en va, vous êtes libérés.

Adrien avait une voix curieuse, plus calme que d'habitude.

— Comment ça, vous partez...

— Ben ouais, on quitte le pays, on vous quitte.

— Et vous allez faire quoi ?

— C'est un interrogatoire ? dit Benno, tendu, beaucoup plus tendu que son pote..

— Mais non, mais non, calmez-vous...

— Ça fait vingt ans qu'on se calme. Vingt ans qu'on a envie de faire des conneries. Y a des jours où on était tellement allumés que vers deux heures du matin, on aurait bien attaqué la gendarmerie, comme ça pour rigoler.

— J'aurais bien voulu voir ça.

— Moi aussi, dit Adrien. Trop tard.

Le gendarme a fait quelques pas pensifs et hésitants, comme si son fute avait été subitement changé en zinc, s'est penché sur le tas de disques, en a ramassé quelques-uns, puis les a laissés tomber.

L'autre pandore était comme scotché devant le mur principal de la longère et détaillait toutes les pochettes. Goldorak enleva son képi pour se frotter la fontanelle, toujours humide, en dessous.

— Je vais vous dire. En fait, on vous aime bien, vous, les deux gugusses. C'est vrai qu'on vous a un peu embêtés. De bonne guerre, vous ne colliez pas vraiment dans le paysage. Tous ces disques, tiens, rien que ça, pas un de musique bretonne.

— Non, non, y a un Daouled Ar Menez, cria l'autre gendarme.

— Depuis que j'ai été nommé ici, vous êtes les seuls que j'aie aimé emmerder. Mais jamais pour rien. Moi, les feux de paille et les accidents de voiture, ça me gonfle. Les lettres aux conscrits, c'est fini et les poules, on les vole plus, on les fout en batterie. Vous, c'était pas pareil, des fois, j'ai pensé que vous étiez des mecs pas nets, des genres de terroristes, des conneries comme ça...

Là, j'ai senti qu'Adrien s'était raidi, à l'intérieur. Comme un goût de fer. Et j'ai su alors que Benno, qui avait le fusil pas très loin de lui, posé contre le mur, était prêt à s'en servir.

Mais le gendarme n'a rien remarqué.

— Je vais vous regretter.

— Pas nous, a dit Adrien. Depuis vingt ans, on a appris, nous les Parisiens, que les gens d'ici étaient des gens formidables. Sauf tous ceux qui ont toujours essayé de nous coincer, on n'a jamais su pourquoi. Vous, et puis d'autres et puis, merde, on s'en fout, on se casse... On vous en veut même pas, en fait. Ça aurait dû mieux se passer, c'est tout, c'est con, mais c'est toujours comme ça. À force, on vous confondait avec des hortensias.

— Merci.

Le capitaine dansait sur une jambe.

— Le notaire se chargera du reste, ajouta Adrien. Maître Le Du. À Rostrenen. On repassera de temps en temps...

Je savais que ce n'était pas vrai et que Benno pensait que le jour où il repasserait, les poules couveraient des enclumes. Goldorak se remit le képi sur la calebasse en tapant dessus pour qu'il reprenne sa place habituelle.

— Bon. Parfait. Si je voulais vous faire chier, je vous ferais souffler dans le ballon. Boum. Retrait de permis. Votre barda, vous vous le cogneriez à pied jusqu'au TGV. Mais je le ferai pas. Pour vous prouver que je sais vivre et que je ne suis pas une buse. Mais avant de vous payer un platane, changez de canton.

Ils se sont regardés un peu gênés et puis les gendarmes sont remontés dans leur camionnette.

— Faites pas de bêtises... La ville c'est dangereux... a rajouté Goldo en enclenchant la première.

S'il savait, ce con, a furtivement pensé Benno.

Peu après, je les ai sentis passer derrière la haie, très

lentement, comme à regret. Alors j'ai entendu, dans le silence bruyant de ma grosse tête de vache, que le capitaine pensait que c'était bizarre, tout ça et que peut-être il faudrait faire une note à Saint-Brieuc.

De loin, alors, aussi triste qu'eux, bien sûr, j'ai vu mes deux zigotos fermer la maison, mettre la clef dans la cachette, comme si quelqu'un pouvait toujours s'en servir. Avant de monter dans la Volvo, Benno a traversé le champ et s'est approché de moi. Très doucement. Il a posé son front sur ma large tête.

— Ouais, je sais bien ce que tu penses, Momone.

Allons bon, ça le reprenait avec Momone.

— M'en veux pas. Marcel s'occupera de toi. Sois gentille avec lui. Fais-lui un veau, tiens, ça lui fera un peu de pognon.

Il peut courir, tiens, j'ai donné. Si c'est pour faire des escalopes.

— Allez Kenavo. Aux hormones.

De toutes mes forces, j'ai essayé de sortir un mot. Ça l'aurait peut-être fait réfléchir. Impossible.

Et puis, ils sont partis.

*

— Ben voilà.

— Au revoir la pluie.

— Des patates, y en a partout.

— Au revoir les nœuds marins.

— Bonjour les nœuds terrestres.

Et puis ils se sont tus au moins jusqu'à Callac.

Adrien conduisait très lentement, ils avaient mis leurs ceintures. Pas le moment de se faire gauler.

— Qui c'est qui a gagné le critérium, l'année dernière ?

— Je sais plus et je m'en fous. C'est fini, tout ça.

Adrien était le premier à oser dire que l'Histoire, à nouveau, était en marche.

— C'est incroyable quand même, vingt ans après.

— Ça prouve que c'est du solide. Des mecs comme nous, y en a encore. La preuve. C'est reparti. C'est normal, aujourd'hui, c'est un tel bordel, c'est le moment. Objectivement.

— Objectivement. J'ai bien peur qu'il faille réviser notre vocabulaire.

— Non. Le Grand Soir va arriver et nous serons les nouveaux partisans.

— Arrête tes conneries.

— Et toi, tu fais quoi, là, dans cette bagnole ?

— J'obéis. Je revis. Je redeviens jeune. J'ai jamais cru être vieux.

— Arrête. Je vais m'effondrer.

Une voiture de gendarmerie sur le bord de la route et, un peu plus loin, deux camionnettes, comme pour un barrage.

— Qu'est-ce qu'ils ont aujourd'hui, ils essayent le matos ?

— Y a dû y avoir une merde. On fait comme si on avait rencard avec le Crédit Agricole.

Ils sourirent aux défenseurs de l'ordre routier, mais pas trop, ils étaient tellement tendus.

Et ce trajet, c'était un peu comme s'ils le faisaient

pour la première fois. La qualité du vert des feuillus, les prés légèrement en pente, avec ces vaches accrochées comme des peluches et les grandes et longues bâtisses d'élevage de dindes, avec la petite ampoule toujours allumée devant. Et puis les gros ormes solitaires qui avaient échappé à la maladie et à l'ouragan de 87.

— Comment ça se fait qu'on n'a pas changé ? dit Benno.

— Je sais pas, les gènes, peut-être.

— Bon d'accord, si tu veux que je ferme ma gueule...

— Non. Mais à partir de maintenant va falloir faire attention avant de l'ouvrir.

Ils discutèrent ainsi longtemps, à demi-mot. Chacun prenant bien soin de ne pas décrire le tableau : deux mecs, dans une voiture, en route vers une destination en gros inconnue, deux types planqués depuis plus de vingt ans dans le vert de champs immémoriaux, peut-être à un kilomètre à peine de la bulle où est enfermé Merlin, et soudainement « réactivés » par une lettre, une simple photocopie d'un vieux roman de Paul Féval. Un rêve, un mauvais rêve. Et le tableau, surréaliste. Ou pire, naïf.

— Le monde a muté, merde.

— Pas tellement. Les riches sont de plus en plus riches

— Et les pauvres de plus en plus pauvres, je sais. Tu veux que je te récite la suite ? C'est facile. L'esclavage s'est redéveloppé, le cynisme du Capital est triomphant au point d'accélerer lui-même son point de rupture, la mise en œuvre de ses contradictions, sa coupure épistémologique, et ceux qui vendaient, à bas prix, leur force de travail pleurent de ne plus pouvoir le faire, et c'est donc vrai que rien n'a changé et que tout s'est simplement un peu exaspéré...

— Ta gueule. Tu me fatigues.

— Et entre-temps, pour la tête, y a eu le prozac transgénique, la télé à douze dimensions et Internet.

— Ta gueule, j'te dis.

— T'énerve pas, je suis simplement en train de te dire que je ne vois pas quoi on va attaquer.

— La Banque Centrale, qui sait...

— On n'a jamais été des terroristes, ni des gangsters.

— On était quoi alors ?

— Des combattants.

— Révolutionnaires.

— Ferme-la. Museau.

La route sinuait. Tout autour, encore du vert, de l'immensément vert. Des silos. Des cafés, le long de la route, tous les deux kilomètres. Dom Rémy. Père Benoît.

— Les gens, maintenant, ce sont des dindes, avec plein de plumes blanches. On les nourrit à mort, avec l'électricité, le chauffage, tout le merdier et puis on les parque dans des camtars, directo l'usine d'abattage, et on les empale à un crochet et on les ébouillante, et on les plume et on les transforme en blanc de poulet pour des mousquetaires de la distribution à la con. Un jour viendra où on en fera de la bouffe pour dinde en batterie. La boucle, mon pote, la boucle.

— On va peut-être faire péter des usines de dindes.
— Nous sommes redevenus des soldats.
— Des soldats.
— Pas des révolutionnaires ?
— Surtout pas. C'est ça qui a changé.
— Je te trouve bien optimiste.
— Je suis content que les filles soient parties, et les mômes. Ça tombe bien.
— Tu crois qu'elles auraient compris ?
— Non. N'importe comment, on aurait eu l'interdiction de leur dire.
— Le dénommé Schwarz, faudrait peut-être lui téléphoner.

*

Ils s'arrêtèrent près d'une cabine, à la sortie d'un bourg.
— T'es vraiment sûr ? dit doucement Benno. Après, ça va être difficile de reculer.
— On ne s'est pas sacrifiés pendant vingt ans pour rien.
— C'était pas un sacrifice, c'était de la stratégie.
— On ne peut pas faire autrement. Ça aussi, ils le savent. Ceux qui nous rappellent font le même raisonnement.
— Nous, nous sommes là, et eux ils sont là où ils doivent être. Si on ne se fout pas ça dans le crâne, y a qu'à rentrer, traire notre vache, vanner Goldorak et attendre la retraite des fromages de chèvres.
— La campagne, on l'emmerde.

— C'est pour ça qu'on gagnera.
— Hasta la vittoria, siempre.
Ils se chauffaient, mais la température ne montait pas beaucoup, il y avait encore beaucoup de froid dans l'âme et de la glace, loin, au fond des veines.
— Bon. Alors, j'y vais.
— Ben ouais, vas-y.
— On pourra plus reculer, d'une certaine manière.
— On ne reculera jamais.
— T'as vu ton âge ? Tu vas taper la cinquantaine...
— Allez. Vas-y. Fais pas chier.
Benno sortit de la Volvo et s'enferma dans la cage de verre. Adrien le regarda composer patiemment ce numéro venu de l'au-delà. Le Schwarz, jamais entendu parler. Un relais, une courroie. L'orga redémarrait, avec ses paliers impossibles à remonter. Chacun ne sachant que peu de chose et en tout cas pas assez pour mettre en péril la colonne montante. La seule fois où ils avaient su qui étaient les responsables, la seule fois où ils avaient cru approcher des chefs, des membres du comité de tête, les cadors décisionnels, c'était fin 74, quand on leur avait demandé, pour la cause et la révolution, d'abandonner la clandestinité, de reprendre une vie « normale », de se planquer et d'attendre patiemment le rallumage qui ne manquerait pas, un jour, de tomber. Là, ils avaient vu des gens qui leur étaient inconnus, et qu'ils n'avaient jamais revus depuis. Ils avaient reçu un peu de fric pour reprendre la quotidienneté et on leur avait même donné l'adresse de Kerguennic, une ferme pourrie à vendre, pas chère, mais sympa. Dans un bled où il pleut sans doute un

peu plus qu'ailleurs, mais justement, comme ça, il y a moins de passage.

Benno ouvrit la portière.

— À Guingamp. Un hôtel.

— En avant Guingamp.

*

Ils sont partis. Vacherie. Je m'ennuie déjà.

*

C'était un peu plus loin que la cathédrale, là où il y a une vierge noire. Ils avaient vu les pancartes. Un petit hôtel-restaurant. La chambre 12 était réservée à leur nom depuis le matin. Par un certain Paul Féval, a précisé le monsieur en chemise rayée. Une nuit payée d'avance. Une chambre à deux lits.

Ça leur avait fait une drôle d'impression de traverser la petite ville. Ils connaissaient déjà, c'était là où ils avaient rencontré leurs compagnes, des filles formidables, bien contentes de pouvoir vivre avec des types formidables, des citadins qui avaient décidé que la campagne, c'était formidable. Mais, en arpentant les rues bordées de maisons de pierre grise, ils avaient su que c'était la première ville de la seconde partie de leur vie. Dorénavant, ça risquait de devenir sacrément urbain, l'existence. Donc opaque.

Ils arpentèrent en silence la moquette bleu nuit du couloir, s'arrêtèrent devant la porte 12, écoutèrent patiemment à travers le bois peint en beige, les réflexes revenaient, sans prévenir, comme s'ils ne s'étaient jamais endormis.

Adrien regarda Benno.

— T'es sûr ? Pas de regret ?

— Non, c'est bon.

— Ben pose-moi la même question !

— Tu fais chier. Bon. Pas de regret ?

— Non. Je crois pas. Au contraire même. On rouillait.

Et ils entrèrent.

La première chose qu'ils virent, ce ne fut pas le papier peint vinasse, ni la porte vitrée de la douche, ni la petite table de nuit centrale avec sa lampe à l'abat-jour en laine. Ce ne fut pas non plus le crucifix cloué au mur au-dessus du plus grand des lits.

Ils repérèrent plutôt la valise sur le lit, grosse, fermée avec un cadenas à chiffre.

Ils s'assirent sur le lit. Benno tâta le cadenas.

— Quatre chiffres.

— Une énigme. Une devinette.

— Ils commencent à pousser. Ça fait roman d'espionnage à la noix, ce truc. Ils s'amusent. Ils y croient, ils font chier.

— C'est normal.

— Non, c'est pas normal, ça fait armée de l'ombre, Seconde Guerre mondiale, l'affaire Cicero et mes genoux.

— Bon. Ça change rien. Faut ouvrir ce putain de truc. La bousiller ferait mauvais genre, en plus elle est peut-être piégée.

— Arrête.

Benno avait décroché le crucifix du mur et le regardait comme un mauvais artefact d'art brut.

— Moi, je dirais 68 et 74. Comme ça. Au pif, mais bon.

Adrien s'escrima sur le cadenas.

— C'est pas ça.

Benno pensa tout à coup à Momone, sa vache. Peut-être que le chiffre, c'était 5632...

— Alors essaie à l'envers, 7468.

Benno cassa net la petite croix. Un bruit sec et sinistre.

— C'est pas ça non plus. Faut taper plutôt dans le classique. On commence par quoi ?

— Ça commence déjà à me faire chier.

— Allez... 1917.

Benno jeta les deux morceaux du christ dans la corbeille.

— Putain, ça marche, dit Adrien.

— C'était facile.

— Pour nous. Pour les autres, ça ne veut plus dire grand-chose.

Dans la valise, il y avait un trésor. Du fric, Benno compta cinq mille francs, une enveloppe et deux cartes d'identité, l'une au nom de Paul Travertin, l'autre à celui d'Alain Féval.

— Je prends Féval, dit Benno en détaillant la photo.

— Ils sont forts, très forts. Ces photos n'ont pas un an. T'as vu, toi, des mecs te tirer le portrait ?

— Non. Ne pense pas à ça. Ils veulent nous cerner. Faire croire que nous sommes peu de chose. Que l'organisation est redevenue toute-puissante. En même temps pour nous tranquilliser, en même temps pour nous dire que ça ne rigole pas.

Adrien décacheta l'enveloppe. Des billets de train et une courte lettre qu'il lut d'une voix monocorde.

— Camarades, merci.

— Camarades... Je croyais que le langage évoluait...

Adrien haussa les épaules.

— Camarades, merci. Vous devez vous débarrasser de votre voiture. Vous prenez le train pour Rennes, vous irez assister à un débat, à la Salle Du Gué, à 20h30, demain soir. Ensuite vous avez l'hôtel Ibis pas loin de la gare, une chambre vous est réservée, à vos nouveaux noms. Le lendemain, vous prendrez le train pour Paris, TGV, départ 10h05. Arrivée 12h15. Vous avez rendez-vous à 18 h au café-tabac le Jean-Bart, 86 rue Saint-Antoine, dans le quatrième arrondissement. Entre-temps, vous aurez pris des mesures pour ne plus être ce que vous êtes encore.

— On dirait un mauvais roman, ça continue. Ils se prennent la tête, on dirait du James Bond.

Et puis ils se turent.

Et se regardèrent longtemps. C'était un peu comme à la barbichette, c'était au premier qui rierait.

*

— Ben allez-y, dites un prix !

— Ouais, mais aussi, vous en voulez combien ?

Le vendeur de bagnoles n'était pas vraiment spécialiste de l'achat. Pourtant, un concessionnaire Volvo.

La caisse, rien qu'en la voyant, il avait déjà su ce que ça valait, au prix des pièces et de la tôle.

— Vous devriez la garder, elle peut vous faire un autre cent mille à l'aise.

— Puisqu'on vous dit qu'on n'en veut plus, qu'on la vend, qu'on ne peut plus conduire, on a choisi de picoler, c'est plus possible, les gendarmes sont partout. Ça fait dix ans qu'on n'a pas bu, c'est trop, maintenant, on prend le train, le car, les tramways. Alors vous la prenez ou vous la prenez pas, mais magnez-vous le tronc parce qu'on a soif.

— Quinze mille.

— OK, dit Adrien. On les prendra quand on repassera, on ne sait pas quand.

— Je peux vous faire un chèque.

— Non, non, préparez du liquide. Du liquide. Y a plus que le liquide qui nous intéresse. Le liquide. On va boire, boire, boire. C'est pas avec un chèque qu'on va pouvoir payer le barman.

Adrien lui donna les clefs, la carte grise et l'attestation d'assurance. Il rajouta son ancienne carte d'identité, le maquignon en tira une photocopie, leur donna un reçu, et hop, c'était parti, ce coup-ci ils n'avaient plus que leurs pieds.

Mais ils avaient une plaque et demie, au chaud, pas loin.

Benno eut comme un coup de blues, genre Crossroads, un truc comme ça, la croisée des chemins, la voix éraillée, le pantalon qui flatule, les gros nuages noirs, au fond, derrière la plaine de blé.

— La Titine, je la regrette un peu...

— Titine ?
— Ouais, Titine.
— Ta vache, ta Volvo. Momone et Titine. Tu fais chier.
— Frime pas. Et Larchmütz, ça va pas te manquer ? C'est toi qui avais trouvé le nom.
— La Larch, ouais, mais c'était une vraie personne, cette baraque. On l'a quand même arrangée pendant vingt ans. C'est important une maison. Tout le boulot. Moi, je l'aimais bien. Putain, souviens-toi, les dalles d'ardoise avec la deuche... Et le toit qui avait glissé...
— Elle existait avant nous, elle continuera après.
— J'espère que c'est pas un connard qui va la racheter.
— Ça risque peu. Pour venir se planter là, faut être dingue. Tu te souviens des jours où on disait : tiens, voilà une bagnole ? Elle sera là quand on reviendra.
— On reviendra pas, fous-toi ça dans la tête.

*

Ils sont partis, ils sont partis, ils sont partis et c'est dur de ne plus entendre personne. Je ne suis pas assez douée pour savoir ce que pensent le blaireau, la nuit, et le renard, le soir. Ils ne pensent pas, ils chassent, je sens la tension. Y en a un qui croit que je suis un énorme blaireau sans poil et l'autre qui trouve que ma queue est nulle. Ils se méfient, rien qu'une de mes bouses les mettrait vraiment dans la merde.

J'ai senti Marcel, pas loin, il est venu me voir et je sais qu'il est content de faire le chemin jusqu'à moi. Il est heureux, une partie de sa vie revient, il aime les vaches, il m'aime déjà, je sais que ce soir, il va me tâter les valoches, et il va penser que ça serait bien que j'aie du lait, et un veau et en avant, moi j'aime bien quand mes pis gonflent, mais alors la blanquette, niet.

Et puis, j'ai vu la voiture monter le chemin, c'était la camionnette des gendarmes. Quand elle est passée juste en dessous de moi, j'ai reconnu, au volant, celui qu'ils appelaient Goldorak. Je l'ai senti soucieux, il se disait qu'ils auraient pu vendre la vache, la pauvre. Qu'est-ce qu'il en savait ? Il s'est arrêté dans la cour, est sorti de sa caisse à roulettes, qu'est-ce que ça peut être moche, il pensait, en regardant la facade constellée de pochettes de disques. Il a sorti un gros trousseau de clefs, et n'a pas fait long feu pour ouvrir la porte. Là, les pensées se bousculaient à l'intérieur de son képi, je les ai vus partir, ils n'avaient presque rien avec eux, alors ils ont tout laissé là, c'est pas possible, il doit y avoir une trace. Je l'ai suivi, à travers la prunelle de ses propres yeux, il a ouvert des portes et des tiroirs, regardé sous les lits, cherché des trappes, putain, ça doit bien être quelque part, il a fouillé partout et je sentais qu'il ne savait pas quoi vraiment trouver, souvent il a pensé à ce qu'il appelait des armes, je ne voyais pas bien ce que ça pouvait être, mais c'était gros et noir et vaguement emmerdant, un peu comme le fusil de chasse de Benno qu'il avait acheté pour les facteurs, il avait dit à l'époque. Il a regardé les rayonnages vides de livres, il en a trouvé d'autres empilés par terre, a shooté dedans, il a trouvé une vieille bouteille de vin qu'il a débouchée, il l'a reniflée en faisant la grimace.

Et puis il est sorti, s'est penché au-dessus du puits, a fait un petit tour dans le champ avoisinant, a jeté une pierre dans la haie. Ensuite il est revenu refermer soigneusement la porte. Là, dans sa tête, rien n'était clair, il était content et pas content, il était déçu et pas déçu, j'ai entendu le mot rapport, le mot enfoirés, c'est pas possible, on ne s'en va pas comme ça, y a forcément une raison, faudra que je téléphone aux impôts, y a un truc.

Il est remonté dans sa camionnette bleue et est reparti vers la départementale. En passant derrière la haie, sa tête était pleine de mou de veau, comme il disait. Du mou de veau, ça m'a fait tout drôle...

*

A 20 h 25, ils étaient devant la salle du Gué, à Rennes, pas loin de la Préfecture. Il y avait déjà du monde, une belle brochette d'étudiants et des types plutôt genre intello. Ça se sentait à l'habillement, comme si les fringues endossées n'étaient pas là pour couvrir, chauffer, faire du bien, mais tout simplement être, faire partie. Le débat proposait : Libéralisme et Gauche Radicale, avec trois mecs, un député, un conseiller régional, tous deux socialistes et un prof d'économie. Des noms qui ne leur disaient rien. Celui du modérateur non plus. Tout ça patronné par Radio-France Bretagne et l'Université.

— Qu'est-ce qu'on fout là ? grinça Benno.

— Il doit y avoir une raison.

— Le chat et la souris, ouais. Viens, on fout le camp.

— Attends. Si on est là, c'est qu'on doit être là. Ça doit faire partie de la préparation psychologique.

— Au secours.

Ils étaient déjà passablement fatigués et énervés. Les gens dans le TGV. Les téléphones portables. Le prix de la bière au bar du train. Le fait de ne pas savoir, d'être en vadrouille aveugle. Ils ne s'étaient presque pas parlé. Pas besoin. Ils regardaient tout comme s'ils cherchaient quelque chose de neuf, comme si c'étaient des pharaons qui se réveillaient après trois mille ans d'embaumement. Mais curieusement, même le trou où ils s'étaient enfoncés était à la mesure du monde, et changeait au même rythme que le reste, l'isolement en plus, la violence en moins. Et puis, Rennes, ils y étaient venus trois ou quatre fois, ce n'était pas terra incognita. Alors ils pouvaient estimer qu'ils n'étaient pas encore partis, qu'ils étaient encore sur leurs terres, qu'ils ne s'étaient pas encore totalement réveillés.

Quand les débatteurs s'installèrent sur la petite scène, ils comprirent ce qu'ils faisaient là. Ou du moins, il y avait une raison, encore confuse. Le Conseiller régional, ils le connaissaient parfaitement. C'était, à l'époque, le dénommé « Pasteur », pseudonyme bien sûr, qui, tous les mois, venait, dans leur petit groupe impatient, leur apporter la bonne parole révolutionnaire, leur parler de Clausewitz ou des *Gundrisse* de Marx, leur décortiquer les écrits militaires de Trotsky ou de Mao, leur présenter Mattick ou Pannekoek, bref, le mec grosse tête qui déboulait dans le plus grand des mystères pour leur formater le cerveau en le bourrant de théorie, comme quoi leur combat était juste, obligatoire, vivant et perpétuel. Que dans autonome, il y avait ultra et gauche. Que dans gauche, il y avait ultra et autonome. Et que dans ultra, il y avait autonome et gauche. Un type qui les regardait un peu de haut, à l'époque, le vrai nerf de la révolution, c'était lui, et eux n'étaient que de pauvres muscles, mais des muscles nécessaires, ceux qui luiraient de sueur, le Petit Matin suivant le Grand Soir. Même à l'époque, ils avaient senti le léger dédain s'emparant de ce gus quand il les définissait comme avant-garde.

Du coup Adrien et Benno, vingt ans après, surent qu'il s'appelait Maurice Boudoret, qu'il était devenu socialiste bon teint, et qu'il était le spécialiste local de l'agriculture, de l'élevage breton et du désenclavement de cette belle province perdue dans les artichauts et les choux-fleurs.

Une couverture d'enfer, pensèrent-ils un moment. Mais, pendant les deux heures que dura le débat, que des contradicteurs de tous bords rendirent d'une belle violence verbale, noms d'oiseaux, mensonges flagrants, langue de bois exotique, appels vibrants à la social-démocratie, seul rempart contre la barbarie moderne, ils surent que pour Pasteur, c'était fini, il avait trahi, il était passé de l'autre côté, comme la plupart des idéologues d'alors, avait choisi, lui, la politique et non la littérature, et exerçait son maigre pouvoir sur la population du Grand Ouest ébahi par sa belle culture, ses définitions à répétition de la radicalité opérante, et, bizarrement, son manque apparent d'égards pour tous ceux, qui, aujourd'hui, se bougeaient le cul pour changer quelque chose. Peut-être qu'il mentait, se cachait, avait trouvé cette curieuse manière de se fondre dans la masse, mais ils surent, intuitivement que, non, le mec était passé du côté du manche, de l'ennemi, celui, qu'avant, il croyait vouloir abattre.

Alors, à la sortie, ils se débrouillèrent pour le rencontrer, il repartait vers sa voiture de fonction, entouré de deux collaborateurs.

— Salut Pasteur, lui cria Benno au moment où l'autre ouvrait la portière de la Scenic.

Le Conseiller se retourna comme s'il avait touché une clôture électrique. Il les regarda, un peu inquiet.

— Je vous demande pardon ?

— Salut Pasteur... T'as plus la rage ?

— Messieurs, si c'est une plaisanterie...

— Ho ça va ça va, le coupa Adrien. Théoriquement, on devrait te latter la gueule, ça serait une tentative de reprise individuelle de tout ce que tu nous as enfoncé dans la tronche. T'as trahi, Pasteur. Nous, on le sait. Et nous sommes plusieurs à le savoir. Alors, à partir de maintenant, tu fais gaffe à ce que tu fais et surtout à ce que tu racontes...

Et ils le laissèrent, la main serrée sur la poignée de sa bagnole représentant le salaire annuel de deux mecs travaillant à la chaîne chez Renault. Maurice Boudoret, un peu livide, les regarda s'éloigner, puis il haussa les épaules et entra dans son trésor mécanique payé par le contribuable.

— On aurait vraiment dû le satonner, souffla Benno.

— Pas de vagues. On ne sait encore que dalle.

— C'est pour admirer cette noix qu'ils nous ont demandé de venir là ?

— Je sais pas.

— Eh ça nous sert à quoi, ce genre de truc ?

— Va savoir. Nous tester. Voir comment on réagit, si on est prudents, obéissants... Si on peut compter sur nous. Si on ne fait pas de vagues inutiles.

— Ça continue, les mystères à la con.

— C'est peut-être aussi pour nous énerver...

— Eh ben, c'est gagné.

Ils marchèrent en silence, leurs sacs à l'épaule.

— On va pas à l'Ibis.

— T'es pas un peu parano ?

— On va pas à l'Ibis. Ça fait partie des réflexes qu'on doit retrouver. Toujours changer au dernier moment. Ne jamais croire ce qui n'est pas vérifiable.

— OK. T'as raison, dit Benno. Devant la gare, y a des hôtels un peu crades, comme on les aimait avant.

*

Depuis qu'ils sont partis, j'ai jamais eu autant de visites, comme si la maison fermée devenait un musée. Ce matin, il y a deux jeunes qui se sont pointés, un garçon et une fille. D'après ce que j'ai pu comprendre, leurs esprits étaient embrouillés, ils parlaient à demimot, avaient l'air de se comprendre en racontant n'importe quoi, et d'ailleurs tout ce qu'ils disaient leur donnait envie de rire, ils connaissaient bien Adrien, qui avait été leur professeur, leur formateur, un truc comme ça. Ils étaient surpris qu'il n'y ait personne, mais ils savaient où était cachée la clef, ils étaient déjà venus, ils avaient confiance et se sentaient bien. Ils sont entrés dans la maison, ont soigneusement refermé la porte derrière eux. J'ai su que, là, ils ont compris qu'il n'y aurait plus personne dans cette baraque, et ils étaient à moitié dépités et à moitié très contents. Je sais qu'ils ont regardé les livres éparpillés sur le sol, en ont feuilleté quelques-uns, mais ils pensaient nettement à autre chose. Et moi, je me suis mise à mâcher ma belle herbe quand ils sont montés à l'étage et se sont couchés sur le matelas. Il n'y a pas de drap, a dit la fille qui s'en fichait. Mon herbe était bonne, fraîche, verte, bien craquante. Un peu humide. Ça, au moins j'en étais sûre. Parce que, pour le reste, j'ai pas bien compris. J'avais la tête en feu, les jeunes, là-haut, l'avaient aussi, et ne pensaient qu'à des trucs un peu violents, ça tremblait beaucoup, ils étaient en même temps pressés et lents, il y a eu des pensées sur la peau fine des seins, et beaucoup d'images, des étonnements sur des raideurs, une vraie pagaille en folie, et ils s'aimaient, ils se disaient qu'ils s'aimaient, et du coup ils m'aimaient beaucoup aussi et ils ne pensaient qu'à ça, et leurs deux cerveaux étaient tellement emportés que tout se mélangeait, ils entraient l'un dans l'autre, et ils étaient bien, et ils avaient peur d'être bien, et moi je me mettais à mâcher mon herbe un peu plus fort.

Quand ils sont sortis, ils ont remis la clef au même

endroit, ils disaient que ça serait bien s'ils s'installaient là, mais, dans leurs têtes, quand ils ont descendu le petit sentier, entre les deux haies de noisetier, dans leurs têtes, il n'y avait pas grand-chose, sinon que le ciel était vraiment très bleu, et les fleurs partout, et le contact de la peau des mains, et celui de la langue aussi, plusieurs fois, et des images encore, plus précises que celles de tout à l'heure, avec des bouts de seins, des frottements, des lèvres, des mouvements humides, des crispations...

J'avais senti les mêmes choses, souvent, dans la maison quand Benno et Adrien y étaient avec leurs compagnes et les enfants. Mais c'était en même temps plus triste et plus fort, généralement je m'éloignais, je changeais de champ, pour moins entendre, je n'aimais pas trop ça, je ne les aimais pas comme ça, j'avais l'impression qu'ils étaient malades et qu'ils avaient mal.

*

Vers deux heures, Benno et Adrien sont arrivés à Paris-Montparnasse. Même pas extasiés. Pourtant ils n'étaient jamais revenus dans la capitale, terrain interdit, trop de souvenirs, et quelqu'un peut toujours te reconnaître. Même face à dix millions de personnes, tu croises toujours la personne qu'il ne faut pas. C'est comme dans une manif, tu retrouves toujours la personne que tu dois absolument retrouver.

Petit à petit, immergés dans le vert intense des Montagnes Noires, à 213 m de hauteur à peine, ils avaient appris à ne plus aimer cette ville où, avant, ils avaient toujours vécu, trop de voitures, trop de fripes, trop de flics, trop de freaks, trop de fric. Même s'ils n'étaient jamais devenus des ploucs à accent, même s'ils loupaient souvent les fest-noz du coin, ils avaient perdu leur parisianité. Maintenant, Paris, c'était la Grande Ville, Babylone, alors qu'avant c'était leur terrain de jeu.

Les deux heures de train avaient coulé, filé dans les veines de ce nouveau temps qui était devenu le leur. Au Mans, quatre jeunes allumés, qui, avec de l'alcool bon marché dans le sang, se croyaient les maîtres du monde alors qu'ils n'étaient que de maigres empêcheurs de tourner en rond, avaient tenté de foutre le bordel dans le wagon, invectivant les gens, parlant fort, marchant sur les sièges et détaillant grossièrement tous ceux qui passaient dans la travée centrale. Ils ne faisaient pas peur aux gens, ils étaient simplement trop bruyants et grossiers, bêtes un peu, leur humour volait plus bas que les rails. Certains voyageurs changèrent discrètement de voiture, d'autres se renfoncèrent dans leur siège, d'autres encore ricanèrent bêtement comme pour se protéger d'une éventuelle agression. Benno et Adrien étaient trop tendus pour s'énerver, ils jugeaient simplement pénible que leur concentration s'en trouvât perturbée.

À un moment, Benno est parti vers les toilettes, passant entre les jeunes loulous. Au petit jeu des appellations plus ou moins contrôlées, il s'est ramassé au passage un : tiens le mec qui vient y dort avec ses cochons et y les encule le dimanche. Rires des trois autres, genre lisier. Adrien s'est raidi, sachant à l'avance que Benno ne laisserait pas passer ça. Benno s'est jeté sur le type, lui a pris le nez à pleine main et le lui a tordu sauvagement. Son visage était devenu d'un blanc total et ses yeux avaient viré noir intense, comme des trous dans la neige. Il s'est penché à l'oreille du type et lui a parlé d'une voix très douce :

— Si tu ne t'excuses pas dans les cinq secondes, je téléphone à ta maman.

Silence. Flottement.

— J'm'excuse.

Petite voix. Les trois autres, saisis, gênés. Immobiles sur le skaï.

— Plus fort.

— J'm'excuse !

Benno l'a lâché, ne l'a même pas regardé et est allé pisser. Le type, les larmes aux yeux, s'est levé, puis a vu Adrien, planté un peu plus loin au milieu de la travée, et qui lui faisait un drôle de sourire. Alors il s'est rassis.

— Putain.

C'est le seul mot qu'il a prononcé, à voix basse, plusieurs fois. Puis toute la bande s'est levée et s'est dirigée vers le bar, voiture 14. Aucun voyageur ne les a regardés. Et personne n'a fait gaffe à Benno quand il est revenu des cagoinces.

— Eh ben, ça s'arrange pas. On va avoir du boulot...

Mais, à Paris, ce petit théâtre moderne n'avait plus laissé de trace. La violence quotidienne s'était évanouie dans l'immense circulation des gens et des véhicules. Du coup, même sous le ciel limpide, ils se sentirent un peu frileux, avec leur maigre sac dans le dos et leurs habits trop solides. Les réflexes revinrent vite, au fur et à mesure que l'oxyde de carbone emplissait leurs poumons. Ils prirent le métro, retrouvèrent leurs trajets, surent éviter de percuter leurs rapides voisins, achetèrent des vêtements, jeans, pulls légers, blousons imperméables et godasses de marche. Ils s'arrêtèrent souvent dans des bistrots, s'accoudèrent au zinc et burent des bières de Mars, silencieux, écoutant tout ce qui se disait autour d'eux. C'était plus imprévisible qu'en Bretagne, mais c'était un peu toujours la même chose, ça râlait ferme, il y avait du désespoir dans l'air et beaucoup de considérations désabusées sur le salariat. Partout, c'était incroyable ce que le monde allait mal.

Ils mangèrent une choucroute du côté de la Bastille, en regardant d'un sale œil les autres clients qui paraissaient tous tout à coup très riches, d'une richesse cynique, en tout cas c'est comme cela qu'ils sentaient leur hypocrite aisance. Des privilégiés, voilà.

Ils ne parlaient pas, mais se remplissaient à ras bord de Paris et de sa nervosité apparente, retrouvaient aussi le maigre bonheur qu'il y a de se considérer anonyme, mêlé, mélangé. Personne ne les regardait, personne ne les connaissait, on s'adressait à eux avec une indifférence rassurante. Ils tentèrent de ne plus éprouver de méfiance dès qu'un flic était dans les parages, c'est-à-dire souvent. Vingt ans de sommeil commandé avaient fait des ravages. Ils s'épiaient eux-mêmes tout autant qu'ils se croyaient épiés par des millions d'autres. La vie urbaine leur paraissait aussi comme un possible champ de bataille, tout allait vite, trop vite et ils sentaient le danger en permanence. Beaucoup de ceux qu'ils croisaient dégageaient une réelle agressivité. Ils crurent un instant que la plupart des Parisiens étaient malheureux et rendus méchants à cause de ce malheur intime. Ils virent des mendiants à presque tous les coins de rues et dans presque tous les wagons de métro.

Benno regretta un moment de ne pas pouvoir observer tranquillement sa vache et lui parler de tout ce qu'il voyait. Il pensa aussi que ça ferait du bien aux Parigots de causer de temps en temps à une vache sans passer pour des dingues de base. C'était pour ça que beaucoup de gens d'ici parlaient tout seuls, soliloquaient, et quelquefois mimaient, de leurs mains empéguées, leur discours de zombis.

Et puis ils sentirent, comme avant, et ça leur fit plaisir, qu'ils avaient la rage, que le capital était là, toujours, que les esclaves étaient là, toujours, que la plus-value cavalait, que l'arrogance du pouvoir suintait de partout, que le partage n'existait pas, toujours pas, pas encore. La Ville était la même, inchangée, Rome impériale, putain parée et puante. Leur long sommeil à la campagne avait même aiguisé cette idée absurde de modernité, de cage, de centre. Il ne devait plus y avoir de centre. Tout aurait dû théoriquement s'éparpiller.

Chacun, dans une bataille silencieuse menée à l'intérieur, pendant une longue heure de silence mutique, fit dévaler les mille façons et les mille désirs de tout faire sauter, de tout aplatir, de revenir à la raison, à la morale, à ce qui devrait, de tous temps, être.

Quatre heures dans Paris les épuisèrent mais quatre petites heures leur suffirent pour se remettre dans le bain. Les gens qui les manœuvraient le savaient sans doute, puisque le rendez-vous avait été fixé à six heures, le temps de retrouver ses marques, ne plus faire pécore, se fondre dans l'universalité urbaine, redevenir un des habitants de la Ville.

Avant de se rendre au rancard, ils s'arrêtèrent dans un bar écossais près de Saint-Paul et burent lentement une Guiness, ce qui ne leur était pas arrivé depuis vingt ans. Une pierre blanche. Qui était profondément noire et mousseuse.

— On parie ? dit enfin Adrien.

— On parie sur quoi ?

— Qui sera au rade.

— On parie quoi ?

— On parie, c'est tout.

Chacun dans ses pensées. Sûrement les mêmes, à peu de chose près. Des souvenirs. Le Groupe. Ils étaient dix. Du moins à leur niveau. Pour ne pas pouvoir remonter à la strate supérieure. À l'époque, ça leur semblait improbable qu'il y ait une strate inférieure, tant le boulot, les actions, les interventions paraissaient alors basiques. La vie clandestine de l'organisation. Il y en avait deux, juste avant que leur cellule combattante ne soit mise en sommeil, qui avaient été gaulés et qui en avaient pris pour quinze ans, après un casse révolutionnaire manqué, prise d'otages et tout le bataclan. Benno et Adrien avaient vaguement suivi le procès, de l'intérieur d'une Larchmütz pas encore complètement habitable, les mecs n'avaient pas craqué et s'ils étaient passés pour de dangereux anarchistes, ils n'avaient rien dit. Les flics n'étaient jamais remontés plus haut. Et surtout pas vers l'assassinat du patron, deux mois avant. Ils étaient sortis, maintenant. La prison avait dû faire son effet. Soit c'étaient des bêtes sauvages, soit des loques défaites. Faudrait voir. Benno et Adrien ne les connaissaient que sous leurs noms de guerre, Michel et Marcel, et au cours du procès, pour la première fois ils avaient connu leur identité, c'était plus vrai que nature, il y en avait un d'origine russe et l'autre petit-fils de Catalan. Trop beau pour la justice, la culture révolutionnaire en marche, Makhno et Durruti, Netchaiev est de retour et pas qu'au cinéma. Mais c'était un peu vrai, Benno et Adrien se souvenaient de deux types nerveux, méchants et grands lecteurs de Kropotkine. Rencontrés après la Fac. Recrutés eux aussi par Luc.

— Luc ? dit Benno.

— Probable.

Luc. Un type un peu grassouillet à l'époque. Un cadre de l'orga. Le seul qui devait pouvoir remonter. C'était lui qui leur amenait Pasteur, pour l'édification morale des combattants. Qui transmettait les ordres. Intelligent. Le mec de l'ombre, avec une couverture d'enfer, à l'époque, élève-inspecteur des Impôts. Et des petites lunettes cerclées de trotsk. Qui avait recruté, réuni le groupe, que des militants de la même eau, même si cette eau, maintenant, ça faisait longtemps qu'elle avait coulé le long des grands fleuves, s'était mélangée à la mer et s'était évaporée dans le grand ciel total.

— Tu te souviens, au début, on était sûrs que c'était un flic...

— Et maintenant ?

— Je ne sais pas. Je ne crois pas. Par rapport aux cognes, y a que toi dont je suis sûr. Un infiltré ne se serait pas tapé la bouse pendant vingt piges juste pour infiltrer. Y a que toi, et moi.

— T'as pensé, au moins une fois, que c'était moi la taupe ?

— Pas qu'une fois. Au début. Tout au début. Et toi ?

— Pareil.

— C'est rassurant.

Chacun se retrancha dans ce qui devait être des souvenirs, des sensations. Peut-être des considérations sur vingt ans foutus en l'air, peut-être pas, eux seuls le savaient. Dehors, un flot continu de bagnoles, c'était ça qui était le plus dur à supporter.

Dans le groupe il y avait deux filles, l'une avait tenu trois ans en usine, puis était tombée dans la dope juste avant qu'ils n'arrêtent les frais. L'autre devait partir en Inde. Avec un des types les plus bizarres du groupe, un casseur de Juvisy, grand spécialiste du V8 en tout genre et dont les autres se méfiaient à mort. Sans doute parce que c'était le seul réel prolétaire de la bande. Lucky. Un surnom qui lui collait au moins autant à la peau que son cuir crasseux. Pas de nouvelles depuis. Non plus. Et deux autres autonomes têtes brûlées, Riton et Maurice, des mecs que personne n'aurait aimé rencontrer au coin d'une rue déserte et de nuit. Vo-Vietnam à fond. Hommes de main. Prêts à tout, ils étaient un des bras armés de l'orga, avec, en couverture, justement Benno et Adrien qui avaient appris à les connaître sinon à les apprécier. La théorie, pour eux, se résumait à tout foutre en l'air, cogner sur les fachos, pendre les uns avec les tripes des autres. Des Katangais, comme on disait avant. Pour eux, sous le pavé, il n'y avait pas de plage mais encore des pavés.

— Moi, je verrais plutôt une des nanas. Annie, par exemple.

— Tu rêves. Elle doit être toujours plantée sur le sable de Goa. Ça sera peut-être Riton, ou Maurice. Je ne les vois pas abandonner le morcif...

Pour la théorie, l'étude, l'analyse, la stratégie, il y avait bien sûr Luc, mais aussi Charlotte et Annie, précises et cultivées. Et Marcel, qui a dû continuer ses longues études en taule. Mais toutes ces différences s'étaient estompées dans le temps qui passe. Même les visages étaient flous, il y avait plus de vingt ans, et les traits avaient dû se charger de rides et de cals. La vieillesse. Plus de quarante-cinq balais pour, en gros, tout le monde. Les différences incroyables, quelquefois, entre deux personnes de cet âge. Question de vie. Et d'espoir. L'espoir rend jeune.

Ce qu'ils essayaient de deviner, c'était le visage de celle ou celui qui leur ressemblerait encore, celle ou celui, qui, vingt ans après accepterait de se réveiller, celle ou celui qui avait décidé de dormir si longtemps sans ne rien perdre des raisons qui les avaient plongés dans cette hibernation si peu naturelle.

— Les ours, quand ils se réveillent, c'est comme nous, c'est au printemps...

— Arrête tes conneries... On était pas endormis. On était en veille, comme un putain d'ordinateur. Y en a un qui a touché à la barre d'espacement, et tout recommence.

— Je préfère me voir en ours qu'en Macintosh.

— Et pourtant nous sommes des machines, bien réglées, en plus, et en forme, faudrait pas l'oublier, s'énerva Benno. On n'a respiré que du bon air et mangé des patates bio.

Des deux, c'était toujours le plus hystérique et, certaines soirées d'hiver, quand un vent sournois rabattait le crachin sur le toit d'ardoises, il refaisait facilement le monde, gardait la haine, et ne voyait toujours pas pourquoi le prolétariat n'exercerait pas une quelconque dictature. Adrien était plus circonspect, même s'il était plus fou, plus impulsif. Contrairement aux apparences, c'était lui qui tirerait dans le tas, Benno expliquant ensuite pourquoi.

*

C'était Annie qui était assise sagement à l'intérieur du café-tabac. Benno l'a reconnue tout de suite, même avec le tailleur strict et la chemise blanche genre propre sur elle. La chevelure, sans doute. Ces fils fins, très blonds, mi-longs, diaphanes. Benno s'est approché lentement et son cœur battait et ce n'était pas l'amour, c'était une sorte de madeleine saignante en folie.

— Salut Annie.
— Salut Benno. T'es seul ?
— Ouais. Pas la peine de revenir là-dessus.
Ils avaient décidé, avant le rendez-vous, de prendre les précautions de base. Benno, tiré au sort, irait d'abord seul, verrait un peu l'ambiance, sentirait s'il y avait embrouille ou non. Toujours se méfier, leçon numéro un depuis tant d'années. Même à Kerguennic. Se méfier. À un moment quand, intuitivement, Benno sentirait qu'il n'y avait pas le moindre lézard, il irait acheter des clopes et laisserait tomber son paquet par terre. Adrien saurait alors que la voie était libre et les rejoindrait.
— Ça me fait tout drôle de te revoir, Benno.
— Ça devrait plutôt te faire du bien.
— Sois pas agressif. Je suis là, tu es là. C'est donc comme avant.
— Vraiment ?
— Vraiment. Rien n'a changé. Le combat continue, Benno.
— Quel combat ?
— Doucement...
— C'est violent, Annie... Je suis là. J'ai accepté de bouffer de l'herbe pendant vingt ans. Juste pour cet instant. Faut que ça vaille le coup... Si c'est pour vendre un canard sur les marchés et appeler des usines vides à la grève totale, très peu pour moi. La relève existe, je lis le journal.
— Il ne s'agira pas de ça.
— C'est quoi, alors ?
— Doucement, Benno.

— Arrête de dire doucement. Arrête de m'appeler Benno. Mon nom avant c'était Louis.

— On n'est plus avant.

— Et maintenant, mon nom c'est Alain. Alain Féval.

— Exact.

— C'est une vanne, Féval ?

— Qui connaît encore le vrai ?

Benno l'a enfin détaillée, elle était toujours aussi jolie, ses yeux bleu-vert, son visage aigu comme celui d'un oiseau. Le regard en même temps doux et dérangeant. Le cou s'enfuyant dans l'échancrure du corsage. Benno s'était toujours demandé comment pouvaient être ses seins. Impossible de savoir, habits flous et flottants, à l'époque. Ça aussi n'avait pas trop changé.

— Toi, c'est toujours Annie ?

— Ouais. Pourquoi pas...

— Et l'Inde c'était comment ?

Elle a souri.

— C'était court. Solitaire.

Elle n'a plus souri.

— Bon. Je suis avocate, spécialiste de droit international. J'ai été mariée. J'ai une fille. Elle a quinze ans maintenant et vit avec son père, depuis l'année dernière. Je travaille depuis cinq ans comme fonctionnaire européen. À La Haye. Ça te dit quelque chose, La Haye ?

Benno la regarda. Il savait par expérience qu'elle pouvait raconter n'importe quoi mais surtout pas la vérité. Ne jamais laisser de traces tangibles. Elle aurait pu lui dire qu'elle était charcutière, avec quinze mômes et trois maris que ça aurait été pareil.

— C'est un test ?

— Prends-le comme tu veux.

Benno fit semblant de fouiller dans ses poches.

— Excuse-moi, je vais acheter des clopes. Pendant ce temps-là, je vérifierai si c'est la capitale d'un des autres pays du fromage...

Il alla au comptoir, près de la porte d'entrée, acheta des nuit grave, lâcha son paquet, le ramassa, prit sa monnaie et retourna s'asseoir. Un bon point, Annie faisait la gueule et regardait de tous côtés, comme si elle avait compris la manœuvre, et quand elle aperçut Adrien entrer dans le rade, elle se crispa.

— Bravo, elle susurra. Les réflexes sont toujours bons. Et la confiance règne.

— Tu rigoles ou quoi, tu nous prends pour qui ?

— Je vous prends pour ce que vous êtes, c'est pour ça que vous êtes là.

Adrien s'est assis, a esquissé un petit mouvement pour lui faire la bise, mais s'est arrêté en plein vol. Ils se sont salués, quelques mots confits entre bienséance et passé, et puis il a regardé son compagnon qui a fait un hochement de tête, il a paru ravi et s'est commandé un demi.

— Et les autres ?

— Charlotte est morte, une overdose, il y a sept ans. Michel aussi. Je veux dire, est mort. Un accident de moto. La vie moderne. Lucky est parti à Bayonne, aux dernières nouvelles, il était libraire, rangé des voitures, si vous préférez. Marcel, à sa sortie de taule, a disparu, on n'a pas pu remettre la main dessus. On a vaguement entendu parler de la Nouvelle-Calédonie, mais va savoir. On cherche.

— Qui, on, a demandé Adrien.

— On. C'est tout ce que vous avez à savoir. Pour le moment.

Elle a pris son portable, composé un numéro. Adrien s'est raidi, Benno s'est levé, a regardé dehors, la banque en face, la rue Saint-Antoine, le marchand de pinard, une boutique de roses, des gens, plein de gens, mais tout le monde marchait d'un bon pas. Pas de mec oisif, faussement oisif. Pas de voiture banale garée banalement avec des gens banalisés dedans.

— Pas de parano, a dit Annie. Les flics auraient pu vous coffrer dans votre ferme, pas besoin de vous faire venir ici où c'est voyant.

Benno s'est rassis, nerveux quand même.

Elle a murmuré : c'est bon et a coupé la com.

Ils ont attendu. Se sont observés. Chiens de garde de faïence. Il y a toujours un moment où il faut prendre une décision hasardeuse. Sauter le pas. Et en même temps faire attention que ce genre de moments n'arrive pas trop souvent. D'abord maîtriser, vérifier, s'assurer. Adrien a repensé à tous ces moments où, avant, il aurait bien voulu baiser avec Annie. Pas faire l'amour. Baiser. Le genre ne pas perdre de temps et pas trop de forces, l'époque voulait ça. Simplement évacuer une tension trop forte. Annie, lui aussi, il aurait bien aimé voir ses seins, et les toucher doucement, dans leur possible calme courbe.

Et puis Luc a déboulé. Bien sûr. Luc. Costard et

nœud pap, le socialo en goguette. Il leur a serré la main. Benno s'est senti vaguement écœuré. Il s'est assis, les regardant derrière ses petites lunettes cerclées. Il n'avait pas trop changé, l'expression restait aussi aiguë, même si le bide avait pris de l'ampleur.

— Merci d'être là. Continue, il a dit à Annie.

— Eh bien si vous êtes là, c'est que...

Tout à coup, elle avait perdu de sa morgue. Le chef était là, ça se sentait tout de suite, avocate internationale ou pas, fonctionnaire européen ou non.

— Riton et Maurice ? a demandé Adrien.

— On les a réveillés eux-aussi. Ils travaillent de leur côté. Dans un autre genre. Vous n'avez pas à savoir quoi, trop dangereux, pour eux et pour vous. Le quadrillage se remet en place. Moins on en sait, mieux c'est. Pour vous. Pour l'orga.

— Quelle orga ? a lâché Benno.

— Vous deux, nous et quelques autres, s'est interposé Luc. Sa voix était resté la même, mielleuse, intelligente, patiente. Peut-être avait-il acquis encore plus d'assurance. On se méfiait, avant, de sa facilité à la discussion qui vous retournait comme un mauvais gant. Le mec capable de vous asséner un argument qu'une heure avant il vous avait refusé.

Un drôle de silence les sépara alors comme un mur de briques molles. Luc et Annie laissèrent Benno et Adrien réfléchir, se concerter. Ces deux derniers se levèrent, firent quelques pas dans le café, allèrent jusqu'au comptoir, prirent un café.

— Alors ? dit Benno.

— Elle, je la sens bien, Luc, je ne sais pas encore.

— Moi, ça serait plutôt le contraire...
— Ça fait une moyenne...
— Alors ?
— Bon. Moi, j'y vais.
— Moi aussi, allez.
— Mais on reste ensemble. Toujours.
— Ensemble. On est mariés.

Ils revinrent près de la table et sourirent. Tout à coup, ce fut un peu plus amical, on sentait qu'ils auraient pu se cogner virilement le poitrail comme des combattants de l'ombre, comme de foutus Fidel Castro et Guevara. Luc serra l'épaule d'Annie de la main et regarda, un peu hilare, un peu pataud, ses deux soldats. Car, en quinze secondes, l'affaire était conclue, il y avait un chef, à double tête, et ses deux soldats.

— Nous sommes un groupe déjà structuré, organisé comme il se doit, secret et puissant, vous avez déjà dû vous en rendre compte. On a mis plus de dix ans à se faire financer, à avoir une logistique. On agit sur les mêmes bases théoriques qu'avant, non seulement le combat continue, mais il ne s'est jamais arrêté, vous en êtes la preuve, si vous êtes là, c'est que vous n'avez pas oublié, pas baissé les bras. Comme nous.

— Comme avant... a dit Adrien. Comme avant... Et avant, alors, c'était qui le flic, la taupe ?

— Michel, on en a la preuve. Il est décédé. Peut-être Lucky aussi, là, on n'a que des doutes, des témoignages, mais pas de traces et pas de preuves. Tout ça, c'est le passé, nous ne referons pas les mêmes erreurs. Maintenant, vous êtes Paul Travertin et Alain Féval. Tout ce qui traînait sur vous et sur nous aux RG et dans d'autres fichiers a disparu. Nous avons fait le nécessaire. Je suis assez content de vous dire qu'il n'y avait pas grand-chose, preuve, qu'avant, nous étions vachement bien organisés...

Benno réalisa qu'il n'aimait plus l'adjectif vachement.

— Même un ou deux flics infiltrés n'ont rien pu remonter. Leur seule victoire a été d'en mettre deux en taule. Dont un de leur propre maison, pour noyer le poisson... Je tiens tous les documents à votre disposition, bien entendu. Pas d'embrouille.

Adrien était hiératique et regardait Benno.

— Vous êtes neufs, absolument neufs. Vos papiers sont en béton, ajouta Luc.

Benno se gratta la joue.

Adrien se gratta lui aussi la joue.

— Bon. Envoyez la purée, dit-il d'une voix cassée.

*

Le gendarme est revenu. Dans sa tête, les mêmes pensées. J'en ai assez, de ce genre de considérations. Au moins avec Benno et les autres, il y avait du changement. Ça rigolait beaucoup, surtout le soir, quand ils se racontaient leurs journées. Moi, je me couchais sous la haie de saules, j'écoutais les pies et les geais et je tentais de comprendre tout ce qui se disait, plus loin, dans la maison. Des histoires de travail, surtout, ah ça, ils n'avaient pas l'air de beaucoup aimer ça, le travail. Deux ou trois jours passés à la ville, et ils revenaient, écroulés, si tu savais ce que je lui ai mis, au patron, il disait toujours, Benno. Mais il en retrouvait toujours, du taf, comme il précisait, et dès qu'il en avait envie ou besoin. Il est très bon électricien, Benno. Je ne sais pas trop ce que ça veut dire, l'électricité, mais je sais que ça a un rapport avec la clôture en bas, celle dont je ne m'approche pas et qui me pique très fort les naseaux quand je la touche. Pendant l'été, quand il fait un peu plus chaud, oh pas beaucoup, c'est le bidet de la France c'est pas possible hurlait toujours Adrien, pendant l'été, je ne les voyais plus beaucoup. Les moissons, le ramassage des patates, et Adrien qui allait réparer des engins. Un génie de la mécanique, l'Adrien. Je ne sais pas trop ce que ça veut dire la mécanique. Tout ce que je sais, c'est que c'est pour ça qu'il ne venait jamais me traire, il avait les mains trop sales.

Le gendarme est revenu uniquement pour voir ce qu'il y avait dans la boîte à lettres. Mais il n'y avait rien. Il était déçu, déçu. Il a regardé encore dans le puits. Quand il est repassé sous le champ, malgré le bruit du moteur de la camionnette, j'ai bien entendu ce qu'il pensait, c'était, bon, ras le bol, et puis j'en n'ai rien à battre, pourtant doit y avoir quelque chose, mais bon, merde.

*

Il était presque neuf heures du soir. Ils étaient assis depuis un bon moment sur le parapet surplombant le port autonome de la Bastille. Ils regardaient des bateaux, eux qui n'allaient jamais à la mer, même s'ils la savaient à peu de kilomètres. Mais ils ne les voyaient pas, ces coques inutiles. Ils s'immergeaient dans les lumières de la nuit, en face, du côté de l'Opéra. Et la longue file des feux rouges de bagnoles, devant. Ils en avaient plein la tête. Tout ce qu'avaient dit Luc et Annie. Le cortex rongé à fond par l'accord de principe qu'ils avaient donné. Deux jours devant eux avant de recommencer le combat.

C'était presque trop. Ils n'avaient pas voulu rentrer immédiatement à l'hôtel, celui qu'on leur avait désigné, pas loin, rue du Chemin-Vert. Là où on les recontacterait, quarante-huit heures après. C'était comme s'ils étaient farcis et Benno avait même précisé qu'il se sentait comme une andouille fumée. De Guéméné bien sûr. Sur Scorff. La Bretagne. C'était bien, la Bretagne. Leur vie là-bas, là-haut. Momone. Larchmütz. Les gosses qui piaillaient dans la cour. Les hortensias de ce bleu qu'on n'oublie jamais. Marcel, le voisin, le soir, pour l'apéro, deux fois par semaine. Même Goldorak, ce gros nul. Avec son képi bleu. Pas le même bleu que les hortensias. Le bleu du sang vicié. Toutes ces années dures mais tranquilles. À espérer s'en sortir mais sans peurs inutiles.

Maintenant, ce n'était plus pareil, fini n. i. les petits matins à l'avenir vide. À présent, le goût du métal emplirait leurs bouches. Les nerfs sous tension. L'inquiétude, l'angoisse, le trac. Au théâtre de la vie. Le vrai théâtre. Sur les boulevards.

Petit à petit, ils avaient, à demi-mot, remis de l'ordre dans tout ce qui leur était tombé dessus. L'ennemi de toujours, bien plus puissant qu'avant, l'impérialisme américain. L'Europe, la Bosnie, le Tribunal Pénal International de La Haye, la morale générale, la SFOR, les criminels de guerre, la mise à mort des nazis, tout ça. L'application des peines. La peur. La fin de l'impunité. L'anormalité incroyable représentée par la liberté cynique des ennemis de l'homme, des tortionnaires, des épurateurs. Tout ce côté Amnesty International. Tout ce discours qu'ils connaissaient peu ou prou. Ils avaient été un peu déçus de ne pas voir réapparaître les anciens fantômes de la récupération révolutionnaire, de la vengeance du peuple et des éliminations politiques. Le monde avait bien changé. Le terrain de jeu n'était plus la France où tout allait à peu près bien, du moins apparemment, mais l'Europe et le Monde. L'Europe, quelquefois, contre le Monde. L'orga devenait internationaliste, enfin, avait rajouté Luc, comme s'il avait un édredon dans la bouche. Des actions bien menées devraient changer la face de la politique. Les coupables de purification ethnique, les éradicateurs fascistes de tout poil, les théoriciens et acteurs du massacre et du génocide, les profiteurs cyniques protégés par le libéralisme mondial devaient payer, ne pas rester impunis. Sans parler de leurs commanditaires, bien sûr. Il fallait en finir. Leur mettre la pression, leur prouver qu'il peut y avoir du danger pour eux, partout et toujours. Si les informations et les marchandises circulaient à présent sans frontières, la justice populaire se devait de le faire aussi.

Là, devant eux, ils avaient apparemment eu deux courroies relayant l'action de juges internationaux indépendants bien décidés à faire une guerre de l'ombre. Benno et Adrien n'avaient pas protesté, n'avaient pas mis le doigt sur l'incroyable légèreté qu'il y a à s'ériger en procureur, où étaient-elles ces nouvelles lois qu'ils auraient à appliquer ?

Non, ils n'ont rien dit, pour une bonne raison, c'est que leurs deux contacts les ont laissés libres de réfléchir et d'accepter ou non ce genre de mission, d'accompagner ou de refuser de participer à cette sorte d'armée secrète.

Tout ça tournait dans leur tête. Les vingt ans, dans le discours en même temps sirupeux et incisif de Luc et Annie, ils les avaient sentis passer, en bloc, en tas, en tranches, même si on parlait toujours de révolution en marche. Ils s'étaient persuadés que c'était trop tard pour reculer, à leur niveau, mais que c'était important de faire toujours partie du fer de lance. C'était ça qui comptait. Ils avaient confiance. L'avant-garde, toujours. Ne jamais prendre le train en marche, on risque de se faire écraser. Même s'ils ne voyaient pas bien le truc comme avant. Vingt ans avaient obscurci le paysage.

Bien sûr, ils avaient discuté, un peu pour le principe, pour montrer que l'âge leur avait au moins appris à ne plus être des machines aveugles. En France, quand même, avaient-ils dit, il y a du boulot. L'extrême-droite, par exemple. Les exactions du pouvoir, autre exemple. Des patrons tueurs, un racisme rampant, une justice à trois étages, tout ça. Luc et Annie avaient des réponses immédiates, presque irréelles. C'était exact, ils avaient admis, mais pas qu'en France. Une nouvelle génération de militants s'en occupait, des associations, des petits juges, une presse un peu moins frileuse. Non, il fallait maintenant parler de l'Europe, quitter le ringard hexagone, qui, bientôt, n'existerait qu'en termes de région, autonome ou pas. Il fallait toujours, et ça, ça n'avait pas changé, se méfier de l'impérialisme américain, qui, à présent, pipait toutes les données pour des motifs purement et directement hégémoniques. On n'avait plus qu'un seul gendarme devant soi. Le Gendarme du Monde. Ça ressemble aux musulmans quand ils parlent du Grand Satan, avait rétorqué Adrien, qui avait ensuite opposé à l'Europe une idée du mondialisme, en imaginant qu'un nationalisme européen était tout à fait possible et qu'il ne faudrait pas compter sur lui pour l'aider à se mettre en place. Luc et Annie lui avaient répondu qu'ils ne participaient pas de cette Europe-là et que justement, il était temps d'organiser un contre-pouvoir moral efficace à cette possible dérive, celui d'une justice armée populaire internationale.

Bref, un échange de survols et de quasi-banalités politiques comme ils en avaient eu des wagons avant. Benno et Adrien avaient alors admis en secret que rien n'avait changé et, curieusement, ça les avait rassurés, preuve par le biais du redémarrage, comme avant, de la lutte. Alors ils s'étaient tus, et, dans le café, à leur table, il y avait eu un long moment de silence. Tout ça les dépassait un peu. Ils n'y voyaient pas clair, mais alors pas clair du tout. Avant, se battre, c'était se battre contre le capitalisme et ses chiens de garde, contre l'impérialisme et ses hyènes ricanantes, contre les révisos et leurs vipères lubriques. Maintenant, c'était pareil, mais le visage grimaçant de l'ennemi avait des traits plus flous, mobiles, inquiétants. Ce qu'ils savaient, c'est qu'ils n'avaient pas attendu vingt ans, même plus, pour qu'on leur fasse avaler des crapauds à la bave technocratique.

C'était Annie qui, les regardant fixement de ses yeux bleu pâle, avait réamorcé le contact.

— Avant... Avant, vous y alliez sans trop vous poser de questions...

— On n'avait pas à s'en poser. Le salaud, c'était sûr que c'était un salaud, avait marmonné Benno.

— Les salauds n'ont pas changé. Ils sont même plus dangereux.

— Ce que tu voudrais, c'est qu'on ne s'en pose pas, des questions ? C'est ça ?

— On peut vous faire suivre un cours théorique, comme avant, avait-elle rigolé.

— Ah ouais. Pasteur. On l'a vu. Vous avez voulu qu'on le voie, c'est ça ?

— Exact. La preuve vivante qu'il ne faut pas trop théoriser, cracha Luc. Il faut agir. La plupart de nos alliés d'antan ont succombé aux charmes du pouvoir.

Adrien et Benno s'étaient observés. Dans leurs têtes, passèrent les mêmes considérations. On est presque vieux, mais on est encore en forme. On a tout fait. Qu'est-ce qui nous reste à faire ? Que faire ? comme disait cette canaille de Lénine. On est libres. Les enfants, on les reverra, de temps en temps, ils sont grands, et vaccinés, et dans leurs crânes, il y a des bases saines. On est là. C'est pour une bonne raison. Arrêter de croupir. Redonner un sens à l'Histoire. Ne pas attendre le sapin qu'un aigrefin te vendra au prix de l'ébène. Ne pas réserver son lit à l'hosto, surtout avec ce que va te rembourser la Sécu.

Et ainsi de suite, dans tous les sens, sans trop de recul, comme deux ados de presque cinquante balais.

— C'est parti, a dit Adrien.

Luc leur a serré la main, dignement.

Annie leur a déposé un bref baiser sur les lèvres.

Et puis, sans ostentation, ils ont levé leurs poings fermés. Oh, pas très haut, un tout petit peu au-dessus de la table...

La nuit tombait sur le virtuel port de plaisance de Paris. Sur les bateaux, péniches et yachts poussiéreux, des lumières. Des navires qui ne partaient presque jamais, mais qui brillaient hypocritement de mille feux.

Alors qu'eux, penchés sur le parapet, étaient des vieux gréements, mais qui remettaient les voiles.

Ils rentrèrent à l'hôtel, bien décidés à ne pas en sortir et à attendre la relance. Annie et Luc leur avaient simplement dit qu'ils leur feraient d'abord exécuter une mission légère, pour les repositionner, pour les remettre doucement sur les rails et pour qu'ils se rendent compte, sur le terrain, s'ils iraient plus haut et plus fort après. Le mot « exécuter » était resté imprimé durement dans leurs neurones.

*

Je ne m'emmerde pas autant que j'aurais cru. C'est bizarre, mais il n'y a jamais eu autant de monde. Un type est arrivé, à pied, avec un gros chien en laisse. Lui, dans sa tête, je n'y entends rien, y a comme un brouillage. Mais le mec, alors là, pardon, il s'est assis sur la margelle du puits, s'est mis un casque sur les oreilles, j'ai entendu de la musique, c'était comme des coups de marteau sur une enclume, beaucoup de coups de marteau, beaucoup d'enclumes, et puis il a sorti un calepin, a regardé longtemps la campagne au fond, les derniers coteaux de la Montagne Noire, vers Loch Ar Coucou, et s'est mis à écrire, et je pensais tout ce qu'il disait, tout ce qu'il écrivait, et c'était facile parce qu'il allait doucement et ça donnait des trucs incohérents comme : en fait je déteste cette musique / je suis incapable de dire pourquoi / un cargo dans le port de barcelone / paillettes / dormir, dormir, dormir, dormir / quelqu'un va sauter du toit / un pied dans le vide / les marais de Floride / l'Alligator / non, décidement, il y a un rapport avec la peinture, chinoise, peut-être / sacrifice humain / un homme a trompé une femme / un radiateur / le cri d'angoisse du radiateur surchauffé / cocktail margarita / des caresses toujours tardives / détresse / des vengeances sourdes / une maladie intestinale / un vélo cosmique ou plutôt un navire intersidéral à pédales / et l'Espagne bien sûr un trompettiste avec une casserole sur la tête / comme la guardia civil / le klu klux klan / une séance de cinéma, la première, la vraie, celle qu'on ne revivra plus / des oiseaux ou des planeurs....

Voilà, ça a duré une bonne heure comme ça, je me

suis complètement laissée aller, c'était agréable, j'avais l'impression qu'il s'était mis à ruminer lui-même, et il est reparti, sombre et un peu triste, et quand il est passé sous le champ, je me souviens qu'il a dit un truc, du genre Victor Hugo nous les brise, je vois pas qui c'est Victor Hugo, tiens c'est une question que je poserais bien à Benno, s'il revenait. S'il revenait.

*

Ce fut un coup de téléphone, dans leur chambre. Ils étaient allés au cinéma, ils n'en pouvaient plus du papier peint moiré et de la douche qui klaxonnait à l'eau chaude. Ils étaient repassés à l'hôtel une dizaine de minutes avant de ressortir pour se cogner une pizza. Important, la pizza, la vraie, alio, olio, pomodoro, origano, dans leur nouvelle vie. Le mondialisme passait plus sûrement par la capricciosa que par les droits de l'homme. On leur a téléphoné à ce moment-là. Ils étaient donc surveillés. Ça faisait plaisir. Rendez-vous, le lendemain, neuf heures, gare de Lyon, devant le quai 19.

Benno avait les mains qui tremblaient un peu. Adrien soupira. Marre d'attendre. La nuit serait longue.

*

Il y a une corneille. Une vieille. Elle cherche à nicher dans le frêne, en haut du champ. Je l'entends un peu, c'est bizarre, sa tête fait des bruits de viande pourrie, ça me rend malade, et quand elle me regarde, je me regarde donc aussi, et ce n'est pas très agréable.

*

C'était Annie. La seule chose qui avait résisté au temps, c'était les pseudos. Bien choisir le pseudo, tu prends Ducon, comme ça, pour te marrer et tu te le traînes toute ta vie. Annie, dans une robe ample et bleue. Au milieu de la petite foule, on ne voyait qu'elle. Pour quelqu'un représentant l'armée secrète, c'était bien joué. Elle salua et elle avait perdu sa quasi-timidité de l'avant-veille. C'était presque une femme d'affaires, malgré les cheveux blonds un peu flous qui s'enfuyaient de son sage chignon.

— C'est toujours toi, dit Adrien. Tu exécutes les ordres ?

— Ne posez pas trop de questions. Des fois, une seule question vaut dix ans. De cabane.

Benno prit ça en pleine tête et se mit à réfléchir dans le vide, comme si la chaîne avait sauté. Elle leur donna une petite valise, une enveloppe et leur billet. Elle ne leur dit presque rien. Elle les serra dans ses maigres bras, un peu sèchement.

Ils prirent le TGV pour Cannes, changement à Marseille. Dès que la rame orange démarra, au fond de la voiture quinze, ils ouvrirent l'enveloppe. Une lettre, tapée à la machine, une vieille Underwood, ça se trouve, pour faire mythe.. Adrien pensa même qu'ils avaient dû détruire l'antique lynotype juste après avoir tapé le texte.

« Dans la valise, il y a deux ou trois choses qui vont vous servir. Un peu d'argent, une arme (dont vous vous débarrasserez après), un plan de Cannes et des horaires, trains, autobus. Votre billet est un aller simple. Vous reviendrez à Paris par les moyens qui vous sembleront les meilleurs. Nous vous contacterons à nouveau dans dix jours exactement, à l'hôtel Bleckson, rue de Ponthieu, où une chambre vous est déjà réservée à cette date.

Votre cible est un citoyen américain, Al Spitteri (voir photo), qui réside, dans une villa des alentours de Cannes (voir adresse et photo) et qui est là, officiellement, pour préparer le Festival du cinéma. Outre ce travail ponctuel, M. Spitteri, ancien formateur de la CIA et ex-membre de l'ambassade américaine en Allemagne, est une des pierres de touche du combat que mènent les USA dans la guerre culturelle, pour contacter, circonvenir, voire acheter, tous ceux qui, ici, peuvent les aider à dresser un tableau des opposants aux accords internationaux, genre AMI, etc.

C'est à vous de choisir comment vous allez faire peur à ce fonctionnaire, lui dire que rien n'est simple et, qu'ici, la résistance à l'impérialisme culturel est définitivement mise en place.

(Ci-joint, la liste officielle de ses rendez-vous et interventions.)

Pas de violence définitive. Mais pas trop d'humour non plus, M. Spitteri a déjà reçu, à Bruxelles, une tarte à la crème, ce qui l'a fait beaucoup rire. Rire jaune. Mais rire quand même.

Nous nous chargerons de la revendication. »

— C'est quoi ces conneries, ils nous font roupiller pendant vingt balais pour aller chatouiller un producteur amerlo ?

— C'est un test, tu le sais bien, pas de panique.

— Merde, ils auraient pu prendre un patron, un chieur, ou un mec qui a du sang sur les bras. Ou un fasciste. Merde, ce n'est pas ce qui manque sur la Côte.

— Ils y vont mollo, d'abord.

— Mollo... Ouais, un mecton de la CIA. Mollo...

— Mollo dans le sens où ce type, il ne s'y attend pas.

— Ils auraient pu nous demander d'aller faire sauter le panneau Coca-Cola sur la Place Rouge. Voilà du symbole pur et dur, un acte qu'auraient compris les militants du monde entier.

Adrien se renfrogna.

— Ouais, peut-être. Et on va lui faire quoi à l'impérialiste ?

— On peut lui faire bouffer le *Journal de Mickey* en entier, rigola Benno.

— Un mec nourri au MacDo peut tout avaler.

— J'peux me déguiser en Diable de Tasmanie et l'enculer sur le bord de sa piscine...

— Arrête, t'es con.

Ils ne se parlèrent plus beaucoup et regardèrent défiler la campagne française, qui, sur le trajet, change du tout au tout, les fermes isolées du Morvan, les petits villages blonds de Bourgogne, les fermes à toits plats du Lyonnais, les bâtisses un peu blanches de la Drôme et puis, petit à petit, le Midi, les mas, les cyprès, les pierres blanches affleurant aux garrigues, l'Étang de Berre.

Chacun était perdu dans ses pensées, ils dormirent un peu, bercés par le balancement du train, allèrent prendre deux ou trois bières à la voiture-bar juste à côté, suivirent des yeux deux ou trois jolies femmes, mais il n'y avait pas de vache alentour pour savoir exactement à quoi ils pensaient. Peut-être qu'ils attendaient tout simplement de connaître les lieux, la gueule du type, pour se décider à avoir des pensées constructives. Peut-être même qu'ils avaient un peu peur et qu'ils regrettaient déjà les haies vertes, les châtaigniers, les noisetiers des Montagnes Noires, et la belle et douce Larchmütz, avec ses schistes gris, ses ardoises bleu-noir de Maël-Carhaix. C'est vrai que dans le Midi, ils ont des mimosas, mais pour les hortensias, ils peuvent s'accrocher.

Peut-être qu'ils étaient contents de changer complètement de vie. Peut-être qu'au fond d'eux-mêmes soufflait encore le vent rouge.

*

Marcel est venu me voir en fin d'après-midi. J'ai tout de suite lu dans sa tête que c'était pour garder le sens du réel. Et puis il avait mal à l'estomac. En brossant de sa main mon cuir chaud, il repensait à sa matinée, j'ai pas bien compris, mais il avait mangé beaucoup de lait caillé, c'était dans une fête, il devait choisir le meilleur, un concours ou un truc comme ça, et manger du lait caillé pendant deux heures et sans un seul verre de pinard, c'était pas possible, alors il se sentait mal, et pourtant, le lait, c'était un peu moi, moi j'avais du lait, alors il m'aimait bien, Marcel, et il était content que je ne bouge pas, et je l'ai senti à la limite de s'endormir.

*

À Cannes, ils n'eurent pas le temps de croisetter. Ils organisèrent leur boulot le plus clairement possible, louèrent une bagnole, prirent deux chambres d'hôtel différentes, et allèrent plusieurs fois au Palais du Festival pour assister incognito à l'entrée des congressistes parmi lesquels devait se trouver monsieur Al Spitteri. Ils le virent plusieurs fois, un bonhomme rondouillard, assez grand, pas vraiment l'air d'un sportif, la cinquantaine, petites lunettes cerclées, costard gris pâle et polo beige. Ils allèrent repérer la villa, sur la mer, vers Antibes, eucalyptus et palmiers dans la cour, pas de gardes à l'entrée, mais du personnel, un jardinier, bien sûr, et deux ou trois autres pékins vaquant. Spitteri se baladait en Mercedes. Conduisait lui-même. Un mec tranquille. Loin de penser que l'Armée de l'Ombre Nouvelle était arrivée et qu'il avait les pires tueurs à ses trousses.

Tout ça leur prit trois jours. À présent, ils savaient quoi faire, comment faire et ce dont ils étaient vraiment sûrs, c'était que Cannes leur sortait par les trous de nez, et qu'ils en avaient ras la casquette de ce magasin empli de camelote de mauvais goût, pour riches, demi-riches, quarts de riches et bourgeois frileux même au soleil de Provence. Sans doute y avait-il, dans cette petite ville, des gens bien, des mecs avec qui prendre des bières pour refaire le monde et parler de l'avenir, mais, bon, ce n'était pas leur boulot d'essayer de les déterrer.

À neuf heures pétantes, Al Spitteri sortit en Mercedes de sa villa, prit la route à gauche, celle du bord de mer, il avait le temps. Au feu rouge, un SDF se précipita pour lui laver le pare-brise. Spitteri, d'un signe dédaigneux, refusa le service. Le mendiant tendit la main pour avoir quand même son dû, la sempiternelle pièce jaune. L'Américain vérifia la couleur du feu pour pouvoir redémarrer, mais ne releva pas la vitre de son côté, alors qu'une simple pulsion sur le bouton aurait, électriquement, changé le cours de sa matinée.

Et se retrouva face à un 9 mm d'une marque même pas américaine. Adrien ouvrit la portière et s'installa à sa place, poussant le fonctionnaire sur le siège passager. Benno s'installa à l'arrière, braquant toujours l'ancien diplomate.

Spitteri avait du talent. Avait dû en vivre, des trucs. Il ne bougea pas, ne fit aucun commentaire. Juste un peu de sueur sur ses tempes grisonnantes.

Adrien roula un peu sur le bord de mer et prit une impasse allant vers la mer. Ils arrivèrent sur un parking où une petite Clio rouge était garée. Peu de monde encore, quelques promeneurs. Une autre voiture, une camionnette allemande avec des hirsutes roupillant à l'intérieur.

— Ouvre ta braguette, cracha Adrien.

— Qu'est-ce que vous voulez, you don't know who...

— Spitteri, ouvre ta braguette, vite ! Tu ne risques rien, ni ta vie, ni ton pognon, mais ouvre ta braguette sinon c'est ton genou qui prend. Tu retourneras aux States en béquille. Ça va te conduire à la retraite tout droit. Un vrai vétéran.

Benno lui tapa la nuque du canon de son revolver.

L'Américain soupira et ouvrit la fermeture-éclair.

— Sors ta bite.

— Mais, je

— Sors ta bite. Magne.

Benno lui redonna un coup sur la nuque. Plus fort.

Il l'extirpa. C'était assez rigolo, pensa Benno. Adrien sortit de son blouson une bombe à peinture spéciale carrosserie. Il aspergea le sexe de l'Américain d'une belle couche bleu irisé.

— Voilà. Tu vois ? Ça valait le coup... Bon écoute bien, ouvre tes grandes oreilles poilues pendant que ça sèche. Tu te rebarres illico aux États-Unis et tu dis à qui de droit de nous foutre la paix, avec vos films à la con. C'est bien sûr une formule mais c'est comme ça, tu sais très bien ce que ça veut dire. Le mec qui va te remplacer, il a intérêt à emporter une armée avec lui. Tu diras que c'est la guerre en Europe. Compris ? Understand ?

— Yes, admit le diplomate qui regardait son service trois-pièces comme si c'était, tout à coup, de la vaisselle en émail.

— Ferme les yeux.

Adrien lui balança un jet de peinture sur le visage, puis sortit de la voiture en emportant les clefs. Il alla dans la Clio, la mit en marche et se rangea près de la

Mercedes. Benno grimpa en vitesse et la Renault démarra doucement, sortit de l'impasse et gagna la nationale.

Al Spitteri se demandait pourquoi on l'avait repeint en bleu. Une vague réminiscence, la fin de *Pierrot le Fou,* film qu'il avait toujours refusé de voir diffuser dans les universités américaines.

La peau commençait à lui tirer.

— Fucking frogs, marmonna-t-il en se reboutonnant avec précaution.

Ils rendirent la voiture à la maison de location à peine vingt minutes après. Payèrent en liquide en précisant que, comme ils étaient au Crédit Lyonnais, ils préféraient laisser le moins de fric dans les caisses de cette banque imprévisible. Ce qui fit sincèrement sourire le loueur de bagnoles. Ils prirent le train et descendirent à Marseille où ils louèrent une autre voiture. D'après les consignes, ils devaient, pendant une semaine, se fondre dans le paysage. Alors ils visitèrent vaguement la Camargue, n'aperçurent aucun flamant rose, mais pas mal de gendarmes filtrants. Sans doute pour éviter les gymkanas. Mais ils étaient confiants, ils avaient leurs vraies identités et une voiture bleue. Ils roulaient doucement et jamais trop longtemps. Ils s'arrêtaient souvent pour goûter aux vins du coin et apprirent avec étonnement qu'il pouvait y avoir de bons rosés de Provence.

Ils ne parlèrent pas beaucoup mais l'essentiel de ce qu'ils se dirent tenait dans un essentiel dialogue.

— J'espère qu'ils vont nous donner de vrais trucs à faire. Pour l'instant, c'est des conneries.

— Je vois pas comment ça peut faire avancer la révolution.

— Alors que les taliban, par exemple... Non, je déconne, pas les taliban...

— Tout se résume à la lutte armée, poil au nez.

— Le peignage de bite en bleu, ça n'a qu'un temps, poil aux dents.

Et ainsi de suite. Et pourtant, quand ils proféraient ce genre de discours vingt ans d'âge, ou cinq ans d'âge mental, c'était selon, ils le savaient, regardaient les réactions de l'autre, mais le disaient quand même. Sinon ils perdaient plus de vingt ans d'un coup. Ce n'étaient pas des théoriciens, des idéologues, c'étaient des hommes de main, le bras armé de l'avant-garde.

— Le bras armé et poilu, avait rajouté Adrien.

— Poil au.

Mais, en général, ils ne discutaient pas beaucoup, car ils se sentaient bien, presque rassurés. Même leur action ringarde les avait confortés dans une idée forte : ils l'avaient fait. Bien fait. Et vite. Même si c'était d'un dérisoire à pleurer, c'était le signe qu'ils étaient passés de l'autre côté et qu'ils étaient entrés dans la troisième partie de leur vie, celle qui amenait à la fin, quelle qu'elle soit.

Sinon, ils échangèrent une série de commentaires lamentables sur la beauté du paysage, la splendeur surchauffée de la garrigue, et les cerisiers pleins, comme c'était étrange, de cerises.

Ils passèrent, silencieux, sur le Pont du Gard, arpentèrent le cirque de Navacelles et s'enfoncèrent dans les Cévennes tragiques pour rejoindre une petite ferme où habitait, depuis deux ans, Sophie, celle qui avait partagé longtemps la vie de Benno, qui était partie, il y a maintenant trois ans et trois mois, et à qui, souvent, Benno rêvait. Elle n'avait jamais complètement rompu les ponts, lui avait toujours donné son adresse et des nouvelles, l'aveu naïf de ses amours fréquentes mais jamais conciliables, ses boulots. Et puis il y avait eu cette ferme, aux confins sud de l'Aubrac, où elle avait trouvé un certain bonheur, du moins un repos. Avec un architecte local. Rien que le mot, architecte, ça faisait du mal. Architecte, archichiant, archicon. Benno n'était pas jaloux. Si Sophie était restée dans les parages du Larchmütz, il n'aurait pas pu reprendre le collier, refaire la route, réessayer de changer le monde. Il serait sinon devenu fou du moins acariâtre. Elle était trop fragile. Dès qu'elle voyait un gendarme, même de loin, elle avait peur. Quelqu'un qui a peur dit n'importe quoi, parle, tend des perches sans le vouloir, dénonce sans s'en apercevoir. C'est pour cela qu'ils avaient décidé d'aller la voir, pour lui raconter des bobards et lui annoncer, par exemple, un foutu départ pour l'Australie, ah oui, l'Australie, c'était bon, ça, le temps que les lettres arrivent, ils y seraient peut-être, en Australie, recherchés par Interpol et la CIA, mais, bon les kangourous sont accueillants, le Queensland est vaste, et Ayers Rock est le centre des fourmis vertes.

Ils eurent aussi un échange de vues un peu floues sur

Kevin Ayers, alors que, dans Soft Machine première mouture, l'Australien, c'était Daevid Allen.

Ils la trouvèrent toute bronzée, cuite par le soleil d'été et les frimas d'hiver. Une vraie pomme un peu sauvage. Elle habitait un petit hameau de burons abandonnés que son mec avait rachetés et retapés. Tout un côté *Marie-Claire Magazine*. L'archimec n'était pas là. Un chantier à Montpellier, la ville qui bouge vers la mer. Elle embrassa Benno, très chaleureusement, et contre sa poitrine, un court instant dans son odeur, il fut transformé lui-même en statue de sel. Ils parlèrent un peu, ça va, ça va, et vous, bof ça va, ça y est on est parti du Centre-Bretagne, vous avez bien fait, on part en Australie, ah bon, et pour faire quoi, on ne sait pas, sans doute les mines d'opale ou un truc comme ça, on verra on a de quoi tenir six mois, c'est bien je suis contente, et Nadine, ça va, aux dernières nouvelles, ça va, elle est à Rennes avec les garçons, vous vous êtes séparés, ouais on peut dire ça comme ça.

Et pendant tout ce temps, Benno regardait son ex comme si ses yeux passaient à travers un tulle épais, c'était dérangeant de penser qu'il avait passé presque dix ans avec elle, il revoyait des trucs intimes qu'il ne revivrait plus avec personne, et en même temps, c'était totalement transparent, et c'était sûr que c'était fini et qu'il était dorénavant ailleurs, et qu'il avait tourné une page corrigée maintes fois.

— Si jamais quelqu'un demande après nous, tu lui dis, pour l'Australie...

— Et qui va me demander, à moi, des nouvelles de vous ?

— On ne sait jamais, le notaire, ou les Impôts, ou des trucs comme ça..

— Ah bon. Vous avez donné mon adresse au notaire.

— Non. Mais tu sais, les notaires. L'Internationale des notaires.

— Ah bon. Vous restez manger ?

— Non. On s'en va, on a encore du trajet. On prend un bateau à Marseille.

— Ah bon, un bateau ?

— Ouais, on a le temps. Et Benno, he doesn't fly.

Quand ils sont repartis, Sophie, un peu triste, n'a pas dit ah bon mais s'est accoudée à la portière, les regardant, les yeux baignés de cette lueur qui plaisait tant, avant, à Benno.

— Portez-vous bien, les hommes, elle a dit. C'est dommage tout ça...

— Quoi, tout ça ?

— Tout ça. La vie. Le temps. Je vais vous dire la différence. Vous, quand vous vous couchez, vous prenez des forces pour le lendemain. Moi, quand je me couche, je dors.

Adrien a haussé les épaules et enclenché la première.

Un peu plus loin, sur la route qui descendait brutalement vers la petite vallée, Adrien s'est marré.

— Pas mal, la formule. Sauf que nous, on se réveille alors qu'elle, elle dort toujours.

*

Ça y est, j'ai vu le premier vol de sansonnets. Ceux-là, ils ne restent pas en place, caquètent comme des mémères et, dans leurs têtes, il n'y a rien que de la méchanceté. Ils se sont barrés, en laissant plein de duvet dans l'air, quand ils ont entendu le geai gueuler, plus haut. Là, la panique, j'ai vu des becs, des griffes, des chutes de branches d'arbre, j'ai senti la peur intense, les plumes se hérisser. Alors que la volée de moineaux, à côté, ils s'en foutaient. Eux, dans leurs têtes, ce sont des enfants. Un peu comme ceux d'Adrien, avant, quand ils jouaient dans la cour. Des conneries de mômes.

*

En fait, ils sont redescendus vers Bayonne. Attirés par ce qu'ils savaient de Lucky. Le libraire. Le camarade spécialiste des bagnoles, devenu spécialiste des bouquins. Lucky, peut-être le deuxième flic, le deuxième traître. Ils verraient bien. De loin. Et ils achèteraient du jambon.

— On fait une erreur, dit Benno. Si c'est vraiment une taupe, il sentira quelque chose, on ne débarque pas comme ça vingt ans après.

— Je sais pas. N'importe comment, on ne peut pas rester toujours aux ordres. C'est à nous de vérifier si les deux autres loquedus ne nous ont pas raconté de craques. C'est important. Si Lucky n'est pas libraire à Bayonne, eux qui sont tellement bien renseignés, on a du mouron à se faire. Du coup, l'Australie nous tendra les bras.

— Dis pas de conneries, le jour où j'irai chez ces gros cons de tueurs d'aborigènes, les ornithorynques seront les maîtres du monde...

Ils se turent un long moment. La route sinueuse, le soleil fulgurant du soir, les grands vignobles du Biterrois, la soif. Ils musardaient avec plaisir, parce qu'on leur avait demandé de le faire. Obéir, c'est bon, quelquefois.

— À quoi tu penses ? dit Adrien.

— Je pense à Momone.

— Arrête avec ta putain de vache.

— Elle doit être triste.

— Mais tu déconnes ou quoi, elle broute, elle pète à l'aise, elle fait monter le taux de méthane dans l'atmosphère, et elle fait chier Marcel, c'est tout, qu'est-ce que tu veux qu'elle fasse d'autre, ta Momone ?

— C'est pas sûr. Momone, je sais pas pourquoi, mais...

— Arrête merde arrête n'importe quoi.

— Elle est peut-être plus heureuse que nous, en fait.

— Ça, elle a pas lu Karl Marx, ça c'est évident. Tu fais chier, j'ai même l'impression que tu regrettes plus ta vache que Sophie.

— Y a des jours...

*

Ils dormirent à Toulouse et repartirent le lendemain, tôt, juste après avoir parcouru *Sud-Ouest*. L'agression contre le diplomate américain était en page six, à peine plus qu'un entrefilet. Pas de détail. Mais l'information était passée, grâce aux gendarmes qui avaient trouvé le mec sur le parking, en train d'essayer de faire redémarrer sa caisse. Ils ne ressentirent aucune joie, aucune gloire. Ils avaient simplement fait ce qu'on leur avait demandé de faire.

À Toulouse, il y avait plein de jolies filles, des brunes un peu crâneuses, avec des regards virevoltants. Ils pensèrent aux grèves à Sud-Aviation, il y a longtemps. Ils quittèrent vite la ville à peine rose.

À Bayonne, il y avait douze librairies ou assimilées. Le Guide Jaune. Au Syndicat d'Initiative, pareil, douze. Alors, à pied, ils partirent en chasse. Quatre heures de l'après-midi. Ils se donnèrent une heure pour faire le tour des marchands de culture. Deux grosses boîtes, trop de monde, pas mal d'employés, ils voyaient mal un type comme Lucky devenir grouillot dans un magasin de ce type. En tant qu'ancien prolo.

Et puis, c'est à la septième librairie, plutôt spécialisée théâtre et poésie, avec une vitrine toute réservée à Leopardi, qu'ils décidèrent d'arrêter.

— On est en train de faire une putain d'enquête de flic, dit Benno.

— T'as raison. Et pourquoi on a fait ça ?

— On n'aime pas l'idée de s'être fait baiser. Même vingt ans après. C'est un peu à cause de cette taupe qu'on s'est farci un demi-siècle de verdure.

— Tu regrettes, toi ?

— Non. En fait.
— On est vivants. Toujours.
— Ouais.

À Bordeaux, ils rendirent la voiture et prirent un billet pour Paris, un train de nuit.

Juste avant, comme ils avaient un peu de temps, ils allèrent, le long de la Garonne, sur le Quai de Paludade où, dans un rade d'enfer, les Dogs passaient. Le truc à ne pas manquer, le passé, le présent, l'avenir. Du rock aussi pur que celui des Chiens de Rouen allait leur redonner une force intérieure imparable, de quoi tenir au moins quinze jours. Presque cinquante balais et toujours le même effet. Deux Gibson qui crachent et c'était reparti comme en l'an quarante.

Il y avait du monde dans le Cricketer's, un bar genre Montana, sombre et enfumé, aux murs recouverts des tronches de tout ce qui comptait dans le blues. Il y avait même une photo de Verbeke, c'est dire. Deux cents, deux cent cinquante personnes. Bière, beaucoup de bière. Les Dogs entamaient *Too much class for the neighborhood* quand ils le virent, pas loin de la scène, s'agitant comme un possédé. Lucky. Il avait grossi, des pattes presque blanches lui encadraient le visage, mais il portait toujours un de ces débardeurs qui, avant, mettaient ses biscottos en valeur. Là, c'était un truc noir, avec marqué Hippodrome Staff sur le devant. La grande époque. Les concerts. Les services d'ordre sauvages où il avait l'habitude de croûter. Bob Seger. Le Gong. C'était bien lui.

Benno entraîna Adrien sur le côté, le plus loin de la scène, au bord du zinc.

— C'est pas possible, ça... cria-t-il aux oreilles d'Adrien.

— La preuve.

— Peut-être, mais des hasards comme ça, moi, hein...

— On aurait dû jouer au Loto.

— Arrête tes conneries, qu'est-ce qu'on fait ?

Adrien regarda vers le fond du rade où la petite foule noirâtre s'agitait en cadence.

— On va pas se barrer comme des cons.

— Lui aussi, il va trouver ça bizarre.

— Attends, on a le droit d'aller écouter du rock and roll, non ? Souviens-toi, lui, le rock, c'était sa vie, non ? Alors, y a pas de hasard. En ce moment, il doit y avoir seulement trois ou quatre coins en France où il y a un concert de rock. Donc, on avait une chance sur quatre, disons. C'est du bol, mais c'est pas vraiment un miracle.

— Bon, j'y vais, dit Benno. Tu m'attends là. Je vais tâter le terrain.

— Vas-y, tâte.

Il fendit peu à peu la foule, tout le monde pogotait sérieux, et s'approcha de Lucky qui avait, lui, quitté les abords de la scène et se tortillait, un tantinet allumé, près d'un pilier du fond. Benno fit semblant d'être le pékin-rockeux de base mais il sentit le regard lourd de Lucky sur lui, dans son dos. Alors, il se retourna, lui jeta un rapide coup d'œil et lui demanda une cigarette.

— Je vous connais ? répondit l'autre en lui filant une Winston.

— Euh, non, je crois pas. Je vois pas.

— Bordeaux ?

— Non, non, de passage...

— Je suis sûr que je vous ai déjà rencontré.

Lucky le fixait, ses rouflaquettes blanches en frémissaient, ça s'agitait dans ses synapses.

— Paris ?

— Ah ouais, mais y'a longtemps... La fac de Vincennes ?

— Non, j'ai jamais été en fac, cracha Lucky. Ils n'ont jamais voulu de moi. Non, ailleurs... Je suis sûr que je vous ai déjà vu. Je me trompe jamais...

— Peut-être au Quai ?

— Au Quai d'Orsay ?

— Non, non, au Quai des Orfèvres...

Benno guetta les réactions du type. Rien. Pas même un frémissement de la peau des épaules. Non. Le mec avait l'air plutôt déçu de la question. Il regarda à nouveau la scène, applaudit fort les Dogs et se retourna vers Benno.

— Vous avez été flic, vous ?

— Non, dit Benno. Mais j'ai beaucoup fréquenté cette maison. Avec les mains dans le dos.

— Tant mieux. Parce que, sinon, je ne sais pas ce que vous foutriez ici. C'est pas du grain pour les poulets, ça... Non, c'est autre part, alors... Vous avez milité ?

— Ouais, un peu, chez les trotskistes.

Benno avait lancé ça par impulsion. Il se rappelait le

dégoût profond et ancien, à l'époque, de Lucky, pour les fanas de l'Intercontinentale.

— Bon. Cassez-vous.

Benno s'est barré. Sans un mot, sans un regard. Il s'est dirigé vers le zinc où, plus loin, derrière une muraille de têtes, l'attendait Adrien devant une rangée de tapas et une bouteille d'Irouléguy.

— Alors ?

— Alors, rien. Ou bien il n'a jamais été flic ou bien il est très fort. Mais il m'a reconnu. Pour l'instant, il ne sait pas. Mais ça va vite lui revenir...

— Qu'est-ce qu'on fait ?

— On a fait une erreur. Je suis pas parano mais bon.

— Ouais mais qu'est-ce qu'on fait ?

Benno ne répondit pas tout de suite. Tendu, il regardait par-dessus l'épaule de son compagnon.

— On fait rien parce que le v'là.

— Bouge pas. Laisse-le venir. On verra après.

Les Dogs faisaient un break et une bonne moitié de la foule se précipitait vers le bar pour éponger la soif et réengranger de la sueur. Lucky s'installa juste à côté d'eux, les détaillant méchamment.

— Là, ça fait trop. Ça fait deux mecs que j'ai déjà vus quelque part. C'est pas possible.

— Tu veux du rouge, Lucky, c'est du basque, dit Adrien, très doucement.

Leur ancien camarade descendit de son tabouret qui rippa sur le carrelage.

— Putain, il souffla.

— Ouais. Vingt-cinq ans.

— Putain. Toi c'est Benno. Ça y est... et toi, c'est Adrien. Putain.

— On est de passage, on passait par là, on part en Espagne.

— Mais...

— Le hasard complet.

— Putain, c'est incroyable.

— On nous a souvent dit que t'étais un des flics qui avaient fait plonger Michel et Marcel...

— Qui ça « on » ?

— On.

— Eh ben on, c'est un enculé.

— N'importe comment, on s'en fout, dit Benno. C'est fini tout ça. C'est loin. On part en Espagne, on a acheté un resto en Andalousie.

— Si « on » en était vraiment sûr, que j'étais un cogne infiltré, ça fait longtemps qu'on m'aurait envoyé Michel ou Marcel. Ou n'importe qui d'autre. Pour les remerciements tardifs.

— Michel est mort. Un accident de moto.

— Ça ne m'étonne pas, il conduisait comme un manche.

— Marcel, on sait pas où il est.

Ils se regardèrent longtemps. Benno fila son verre de vin à Lucky comme s'il voulait savoir ce qu'il pensait. Mais le soi-disant libraire était calme, comme abattu, comme si une grosse enclume de pathos était retombée sur ses épaules tatouées.

— J'y pense souvent, à l'époque. Souvent. Je me suis mis à écrire. J'ai vraiment du mal à ressortir tout ce qui s'est passé. C'est le seul moment où ma vie a eu un peu de sens... Alors, je fais surtout de la poésie, mais bon, la poésie... Et vous, vous êtes dans la bouffe ?

— Ouais. Depuis dix ans au moins. Avant, les chantiers, tout ça.

— Vous avez jamais repiqué au jus ?

— Non.

— Moi non plus. Ça me manque. Ici, avec les Basques qui traînent, des fois, je suis tenté. Mais j'ai mis sept ans à monter un bouclar, alors je patine, j'hésite.

— Un bouclar de quoi ?

— Devine. Un bar rock, à Morcenx, plus au Sud. Je suis là, ce soir, parce que je les veux les Dogs. J'ai rencard après.

— Les Basques, fit Adrien. Les Basques... Méfie-toi. C'est pourri de flics dans ce bazar.

— Les flics, je les repère à douze mille bornes, t'inquiète pas.

— Je ne m'inquiète pas.

Et puis les Chiens remirent ça. Avec élégance et fureur, comme d'habitude. Le niveau sonore, typiquement strombolien, coupa radicalement la conversation.

Le reste s'est passé à moitié entre le jus de boudin et l'eau de vaisselle. En se criant dans les oreilles, ce qui ne facilite pas les aveux intimes. Alors ils se sont quittés un peu théâtralement avec regards soutenus et poings à moitié levés.

Benno et Adrien se sont baladés un moment dans la ville, arpentant les rues un peu pourries autour de la gare Saint-Jean, pour être sûrs de ne pas être suivis et sont repartis en couchette vers le Nord, laissant l'Andalousie dans l'autre sens, là où elle avait toujours été.

— Alors ? avait dit Adrien.

— Ce qui est bizarre c'est qu'il nous a appelés Benno et Adrien. À l'époque, on s'appelait Louis et Pierre. Il connaît notre vraie identité et ça il ne peut pas le savoir tout seul.

— Ouais, j'y ai tout de suite pensé.

— En même temps, je trouve bizarre qu'il fasse une erreur aussi grossière.

— Il a dû être démobilisé.

— I hope.

— C'est dégueulasse. Je lui aurais bien latté la gueule.

— On a déjà fait une connerie, ça va.

— Personne n'en saura rien. Si jamais ils remontent, par Sophie, on part en Australie, par Lucky, on est en Espagne.

— S'ils confrontent, ils vont trouver ça bizarre.

— Ça les fera bosser, merde. Dans le vide. Si, un jour, on a un peu de temps, on reviendra lui parler du pays et des voyages. On lui fera la tête en forme de carte postale.

— C'est con quand même, le seul prolo, c'était un flic.

— Ouais c'est con mais c'est comme ça. Et puis c'est pas complètement sûr.

*

Le notaire est passé hier soir, avec sa femme. Pas besoin de savoir ce qu'il était, le mot notaire revenait dans sa tête toutes les deux minutes. Personne n'achètera une merde pareille, faudrait tout nettoyer, disait la femme. Ah ouais, et c'est toi qui vas le faire, il lui répondait. Non, mais on pourrait payer quelqu'un, elle rajoutait. Mauvais placement, il répondait. Et puis il ne répondait plus, il ne l'écoutait plus, il pensait soixante mille francs ? Quatre-vingt mille francs ? Allez, soixante sans le terrain, quatre-vingt avec le champ et cette salope de vache. Salope, je ne sais pas trop ce que ça signifie, mais j'ai compris que ce n'était pas de l'amour. La femme pensait que je représentais bien dix mille balles de steack. Là aussi, ce n'était pas vraiment de la compassion, il y avait plein de viande dans son cerveau.

Alors, j'ai avancé lentement dans le champ, j'ai passé la haie là où elle s'était affaissée et j'ai foncé vers la femme qui regardait la vallée, devant elle, en pensant que c'était vraiment le trou du cul du monde, cette vallée. Dans sa tête, c'est devenu tout blanc, dans son crâne, j'ai vu l'Espagne et puis des trucs qu'elle appelait des dinosaures et elle a hurlé. Le notaire, bravement, a enlevé sa veste et l'a agitée dans ma direction, en pensant nettement que si je pouvais écraser sa femme, ma foi, ce serait un incident regrettable, et j'ai vu aussi, dans ses idées, une autre femme, plus brune, plus jeune, et que faire le torero à son âge, elle allait le lui payer.

*

Dix jours exactement après le bombage de l'Américain, ils étaient, comme convenu, au Beckson. Soulagés. Ils en avaient marre des hôtels, si possible anonymes, dans lesquels ils rampaient depuis une semaine. Ils étaient revenus dans la capitale par le chemin des écoliers, au petit bonheur, train après train, s'arrêtant dans des villes inconnues, comme Limoges ou Chateauroux. Ils visitaient sans rien voir, ils prenaient simplement le pouls de bleds qu'ils trouvèrent en général beaucoup plus beaux qu'ils ne l'auraient pensé. La gare de Limoges, par exemple, une merveille. La vieille ville haute de Montluçon, imprévisible. Ils ne parlaient pas beaucoup, lisaient des livres de poche achetés çà et là, buvaient peu et mangeaient équilibré. N'adressaient la parole à personne, payaient le plus possible en liquide. Quand ils conversaient, c'était pour se rappeler que ça paraissait un peu grotesque, toutes ces précautions. Mais Adrien disait toujours que la clandestinité, c'est un bloc inattaquable et qu'on ne comptait plus le nombre de mecs qui s'étaient fait coincer à cause d'une erreur grossière, genre ticket de lavomatic, connerie balancée à un chauffeur de taxi, ou confidence à une nana dans un bar.

Ils regardaient souvent le ciel, comptaient les nuages, Adrien évoquait dans sa tête les pierres grises et beiges de Larchmütz, et Benno pensait à Momone et à ses taches sur le dos, tangram chaud et doux. Mais ils en avaient marre d'être des espèces de VRP sans avoir à vendre quoi que ce soit.

Rue de Ponthieu, ils récupérèrent les réflexes de base, ce fut Adrien qui alla tâter le terrain, pendant que son pote zonait dans deux ou trois cafés alentour. Mais tout parut réglo. Leurs chambres étaient réservées, Adrien déclara d'abord qu'il était tout seul et attendit deux bonnes heures, dans la chambre, l'arrivée possible des flics ou des sbires d'un contre-état quelconque. Mais rien. Il eut simplement le temps de lire *Libé* et *Le Monde* en entier, regretta même de ne pas avoir *Ouest-France*. La terre allait plus mal, encore plus mal que la veille, et on ne parlait même pas d'Al Spitteri. Et puis il reçut un coup de téléphone d'Annie, leur donnant l'heure et le lieu du prochain rendez-vous.

Ils étaient tout contents de découvrir qu'au milieu de la Ménagerie du Jardin des Plantes, il y avait un resto, avec terrasse ombragée et odeur d'ours rampante, où l'on pouvait se taper une entrecôte-frites en entendant les croassements bizarres des grands oiseaux de l'antique volière toute proche. Benno voulut arriver longtemps à l'avance et pas seulement pour repérer les lieux. Pour aussi se repayer la visite. Pour retrouver sa jeunesse ou, du moins, la revivre un peu, chercher des souvenirs enfouis. Il évita ce qui lui faisait depuis toujours mal au cœur, les fauves, les orangs-outangs et se perdit plutôt dans la contemplation des ânes du Poitou, des bisons neurasthéniques et des yacks poussiéreux.

— Tu penses encore à ton bovin ? rigola Adrien.

— Ouais, un peu. Souvent. Ce qui me rassure, c'est qu'elle doit moins se faire chier qu'eux.

Devant eux, des herbivores muets et figés dans la boue sèche, regardaient le fond du jardin comme si c'était l'Éden tant annoncé par le prophète des bêtes à cornes.

— Ce qui est marrant avec toi, c'est que, dialectiquement, ce qui s'oppose à la révolution, c'est ta vache.

— Ouais, bon, c'est déjà mieux que rien.

— Je suis sûr que tu seras plus content de la retrouver que d'avoir changé le cours des choses.

— Ta gueule, tu m'emmerdes.

Ils refirent un tour, inspectèrent les abords des tonnelles du petit resto, virent les tables désertes sous la tente blanche et s'installèrent, cinq minutes avant l'heure du rencard.

C'est Luc qui arriva le premier. Il leur serra la main, commanda un kir.

— Bravo. Mission accomplie, bien accomplie. Spitteri s'est barré. Le message est passé. On attend son remplaçant. Selon l'administration dont il dépendra, on y verra plus clair sur ce qu'ils pensent de l'avertissement. En plus, marrant, le coup du bombage. On touche pas à la virilité des Américains. Leurs présidents en savent quelque chose. Bon.

Il se détendit sur sa chaise de bois blanc et les regarda.

— Vous continuez ?

— On peut faire autrement ?

— Bien sûr.

— On continue dit Benno, très vite.

— Vous avez quinze jours pour effectuer trois missions.

— Trois. Rien que ça.

— Ça doit se faire dans la foulée. Question de stratégie. Les deux premières sont assez faciles. La troisième est plus délicate.

Luc sortit une enveloppe et la donna.

— Les renseignements dont vous aurez besoin sont là-dedans. Avec du fric, un peu plus. Avec une adresse pour du matériel dont vous n'aurez peut-être à vous servir mais on ne sait jamais. Faites gaffe. Vous avez jeté le Ruger ?

— Ouais. Dans la Garonne.

— N'importe comment, il était bridé.

— On sait.

— Très bien.

Adrien évita de regarder Benno. Ils n'avaient pas pensé à ça. Tant mieux, ils auraient sans doute réagi autrement. Mais ils avaient commis une imprudence. S'en souvenir.

— On peut savoir ? dit Benno, pour passer à autre chose.

— Tout est à l'intérieur. Vous ferez ça dans l'ordre. Mais, bon, en gros, pour le final, vous allez vous occuper d'un grand patron français.

— Ah. Ça c'est bon. Ça, c'est juste, dit Adrien. L'ennemi total. Pas le flic ou le militaire. Le patron.

— À bas le travail, ajouta Benno.

Luc les regardait en souriant vaguement.

Des gosses passèrent en piaillant, droit vers la fosse aux ours. Les entrecôtes arrivèrent. Benno pensa brièvement que c'était de la vache qu'il bouffait et que ça faisait presque quinze ans qu'il voulait devenir végétarien.

— Juste après votre dernière mission, vous irez à Ostende. Voilà une clef de consigne, à la gare. Les instructions y seront dans douze jours. Ne la perdez pas.

— Ostende ? En Belgique ? Ça craint pas, pour les papiers ?

— Tout est en règle. Faites-nous confiance.

Benno se dandina sur sa chaise.

— Tout ce qu'on fait, tout ce qu'on va faire... C'est revendiqué ?

— Oui. Pas publiquement. Mais c'est revendiqué auprès d'instances qui comprennent bien le sens de toutes ces actions. Peut-être que ça remontera un jour dans les journaux, mais pas tout de suite.

— Spitteri, ils en ont parlé...

— Ouais, les gendarmes. Mais rien d'important.

— Et il y a un nom de groupe ? Ou d'orga ?

— Vous ne le saurez pas tout de suite. C'est comme avant. Je m'excuse, mais rien ne doit remonter. Rien. Jamais. Votre sécurité, la nôtre, celle d'autres combattants.

— Ça y est, dit Adrien. Nous ne sommes plus des militants, nous sommes des combattants.

Ils mangèrent d'abord en silence, puis échangèrent quelques banalités sur le devenir compliqué et morbide du monde, dont une bonne moitié crevait sous les balles de kalashnikov, se faisait égorger lors de nuits sans lune ou attendait une pluie qui ne venait jamais. Ensuite, ils parlèrent météo et convinrent avec un bel élan que ça ne s'arrangeait pas et que la nature se vengeait passablement, tsunamis, tremblements de terre, trous d'ozone et éruptions volcaniques faisant plus de ravages que toutes les guerres de libération nationale. Jamais ils ne rirent, ne firent aucune blague et ce fut comme un repas d'affaire qui se serait arrêté avant les pousse-café. Avant de se séparer, ils écoutèrent des cris d'animaux disparates mais tous malheureux ou fous.

La première mission, ils l'effectuèrent le soir même. C'était facile, une adresse, à Paris, une lettre à remettre. C'était tout. Helmut Krönberg. Un appartement, boulevard Magenta. Un Allemand, député européen, crypto-communiste, et, disait la petite note jointe, ancien informateur de la Stasi. Actuellement, un des porte-parole de l'opposition interne aux accords de Schengen. La lettre à remettre, au poids, à sa forme, semblait contenir des photos.

Ils sonnèrent à la porte de l'appartement. Deuxième étage. Immeuble Haussman. Un homme ouvrit la porte, un petit mec râblé, en jogging.

— Monsieur Helmut Krönberg, s'il vous plaît...

— C'est pour quoi ?

— Une lettre, en main propre.

— Donnez-la-moi, je la lui remettrai.

— En main propre. C'est confidentiel. Ultra-confidentiel.

Le petit homme souffla. Son crâne se plissa d'un paquet de rides à la Juppé.

— Un instant, s'il vous plaît.

Et il referma la porte.

— Vérifie sur ta montre... dit Adrien. On lui donne une minute et demie, pas plus. Après on rippe.

Mais trente secondes plus tard, la porte s'ouvrait de nouveau sur un grand type roux d'une soixantaine d'années, à la belle chevelure blanche d'avocat, au teint un peu rouge. En jeans et polo vert.

— Monsieur Helmut Krönberg...

— Oui. C'est moi.

Léger accent allemand.

Benno lui donna l'enveloppe.

— C'est pour vous. Perso. Au revoir, Monsieur.

Et ils redescendirent calmement l'escalier. Ils n'entendirent pas la porte se refermer. Ils imaginèrent le député ouvrir fébrilement ce courrier inhabituel.

Dehors, ils sautèrent dans le premier bus qui passait.

— C'était quoi à ton avis, j'aurais bien aimé voir sa gueule...

— Des photos, à mon avis. Pornos, peut-être. Ou SM. Ou bien un repas d'anciens combattants de la police est-allemande.

— En ce moment, il doit nous prendre pour de beaux dégueulasses..

— On est de beaux dégueulasses.

Ils descendirent place de la République et, excités comme des poux, ne purent résister à ouvrir les deux autres enveloppes. Entorse au réglement mais bon, fallait savoir prendre des initiatives personnelles. Ne pas être totalement esclaves. Ne plus jouer le total robot, le cybercop du pauvre.

Pour enfoncer le clou, ils ouvrirent la troisième en

premier. Pour savoir vraiment ce qui les attendait. Pour connaître leur vie. Ou du moins la supposer.

Bernard Mornac-Collignon. Effectivement, un grand patron. Et pas un cacique, plutôt un des jeunes loups du CNPF. Le genre de mec à bouffer avec le Président sans prévenir ses copains. Une des têtes de l'agro-alimentaire. Donc national et international. Quand ils lurent son nom, sur les trois feuilles dactylographiées, ils comprirent tout de suite, et se rappelèrent les démêlées du capitaliste avec les justices belge et hollandaise. Malversations, pots-de-vin, abus de biens sociaux, détournements de subventions européennes, ratata, ratata. Demande d'extradition de Bruxelles. Jamais acceptée par la France. Le bonhomme a dû menacer de lâcher d'autres noms, et pas qu'un peu, et jusqu'en haut, certainement, et même plus haut. Alors, le Mornac-Collignon reste officiellement dans l'hexagone, se baladant plus secrètement en Amérique du Nord pour continuer à faire carburer le bizness. Donc une impunité monstrueuse, à laquelle le moindre des clandos kurdes, albanais ou maliens devait rêver, la nuit, sur son galetas inconfortable.

— L'agro-alimentaire, souffla Benno. Momone tient sa revanche.

— Arrête avec ça.

— C'est important, je regrette.

— Tu vois, toi, les générations futures décortiquer ton action, ta part déterminante dans le combat en découvrant que tout ça c'est pour faire plaisir à ta vache ?

— Ça va...

Mornac-Collignon allait, plus ou moins discrètement, à une réunion plus ou moins secrète, dans un Institut plus ou moins officiel, du côté d'Hazebrouck. Avec des pingouins de son espèce. Pire qu'un colloque, un cloaque en cloque. Logés sur place ou presque. Le plan était fourni. Les heures du raout. Des repas et réceptions. Ils devaient le kidnapper, lui faire franchir la frontière, lieu et heure du passage, nom du fonctionnaire des douanes si besoin était. Tout était prévu. Comme d'habitude.

Dans l'enveloppe, il y avait aussi quarante mille francs en espèces. Et une adresse pour le matériel dont ils auraient besoin.

Avec un petit PS : « puisque vous avez sans doute ouvert la troisième enveloppe avant les deux autres, c'est à cette adresse qu'on vous donnera les instructions pour la mission numéro deux ».

La claque.

Ils ouvrirent la deuxième enveloppe où était simplement écrit qu'il leur fallait ouvrir la dernière, la numéro trois.

— Là, ils sont très forts.

— Non. Psychologues, c'est tout.

— J'emmerde la psychologie.

— Ils se sont quand même un peu gourrés. On a d'abord ouvert la première.

Cela dit, Benno et Adrien étaient impressionnés. L'orga les traitait de vilains curieux, mais admettait leurs possibles initiatives. Ce qui sérieusement les étonnait le plus c'était que leurs « employeurs » déclaraient là leur réalité internationale, du moins européenne. Une amplitude. On grimpait sur l'échelle. Ils se sentirent un peu dépassés. Quand il s'agissait d'aller appliquer une peine révolutionnaire, comme avant, à un nervi quelconque, ça restait local, français, compréhensible. Là, ils étaient comme réifiés, comprenant les tenants et aboutissants de leur action, mais sûrs aussi d'être dépassés par des stratégies volant à quinze mille bornes au-dessus de leurs maigres forces. C'était peut-être ça la modernité, les nouvelles composantes de la lutte, un truc genre Greenpeace, mais plus directement politique, plus musclé, ne plus sauver des baleines, mais couler des requins.

*

Le poète est revenu. Mais, cette fois, il n'a pas poussé jusqu'à la maison, il s'est arrêté sous la haie, m'a regardée, de loin, s'est approché, s'est assis dans l'herbe, a sorti son calepin, et en avant, c'est fou ce que la campagne l'impressionne : le souffle de la lenteur / la cour / tachycardie / fin du monde, encore / une maladie heureuse, la bagarre toute proche / quasimodo, encore / victor hugo nous les brise / des oiseaux

— Là, j'ai su qu'il pensait aux trois geais dans le chêne d'à côté qui faisaient un barouf terrible parce qu'ils avaient des petits et qu'une grosse buse, dans les parages, tournait pour tenter de les bouffer, le baiser empoisonné / une cuite carabinée / mal de crâne / non / agonie pure et simple / agonie d'oiseaux / vieillard frêle / n'en finit pas de crever / achevez-le ! crie la foule / brutalité / le bar enfumé...

Là, il s'est retourné, dans sa tête j'ai vu du rouge et du blanc, c'est-à-dire une trouille intense, car il venait de réaliser que j'étais juste au-dessus de sa tête et qu'un peu de ma bave aurait pu tomber sur son pauvre calepin. Après le rouge et le blanc, panne de système dans le cerveau du poète. Je n'ai rien senti, il ne pensait plus rien, tout ce qu'il faisait, c'était courir, sauter par-dessus la haie et se casser la gueule sur le chemin. Je n'ai pas su alors ce qu'il éprouvait, une pure onde de violence et de haine m'a empli la tête. La buse n'était qu'à une dizaine de mètres au-dessus du chêne.

*

Ils louèrent à nouveau une 51, une Safrane métallisée, et allèrent à Vitry-sur-Seine, le quartier de la Gare, rue de la Somme. La fameuse adresse pour le matos. Un pavillon jaune d'or, avec les volets et grilles peints en rouge basque. Des troènes et des viornes, devant, autour d'un perron qui tentait de faire passer tout ça pour l'arrière d'un galion espagnol.. Ils passèrent plusieurs fois devant la baraque, examinèrent soigneusement toutes les voitures garées dans la rue, ne remarquèrent rien de spécial et se garèrent à une vingtaine de mètres. Benno resta dans la bagnole, et Adrien alla agiter la petite clochette accrochée au portail.

Et quand un mec, un peu gros, un peu moustachu, vint ouvrir, Adrien eut un choc. C'était Marcel, celui qu'on leur avait dit disparu, ou bien zonant du côté de la Nouvelle-Calédonie. Décidément, on pouvait leur raconter n'importe quoi, ils gobaient. Normal. Tant qu'ils n'avaient pas fait leurs preuves, « on » se méfiait. Normal. Marcel, le mec qui s'était tapé quinze ans de gnouf avec Michel.

— Salut Pierre, il dit simplement. Je t'attendais. Toi ou Louis. Entre. Y a pas de lézard.

— C'était bien, à Nouméa ?

— C'est quoi ces conneries ? J'ai jamais quitté la banlieue sud. Surtout quand j'étais à Fresnes.

À l'intérieur du petit pavillon, les deux hommes s'étreignirent. Puis, sans dire un mot, Marcel déboucha une bouteille de vin. Le Russe n'avait pas perdu ses vieilles habitudes. Ni son accent d'ailleurs.

Il s'assit à la table.

— Bon je vais aller vite. Le divan, c'est pas mon fort. Et ça t'évitera de poser des questions. J'ai fait douze ans. Je ne me suis jamais mis à table. Je n'ai pas parlé parce que je n'avais rien à leur dire de concret. Les bienfaits d'une bonne organisation. Depuis, je dors. Comme toi, sans doute. J'ai été réveillé il y a un an. Je m'occupe de la logistique. On ne me donne que ça à faire. Je ne peux pas aller sur le terrain. Je suis malade. Les os. J'en ai pour deux ans, au plus. Alors j'en ai plus rien à foutre. Au dernier moment, je ferai sans doute une grosse connerie... Au moins que ça serve.

— On m'a dit que c'était Michel, la taupe, celui qui a plongé avec toi. Et Lucky.

— Michel n'a fait que deux ans. Mais Michel est mort. Sa moto a été tout droit. À mon avis, on l'a peut-être aidée, la BM, pour qu'elle aille tout droit. Mais bon. Michel, c'était un Catalan. Je vois mal un Catalan comme lui, qui venait de la montagne, et pas des plages pourries de la Costa Brava, faire le flic. Mais bon. Je me trompe sans doute. Si c'est vrai, c'est pardonné, on s'est trop marré ensemble. En plus, en taule, j'ai passé le Bac. Je fais partie des intellos, maintenant...

Et il s'est marré comme une baleine, un rire trop tonitruant qui s'est terminé par une belle quinte de toux. Un autre verre de pinard. Et il s'est calmé.

— Lucky, je sais pas. On m'a dit qu'il était plongeur en Martinique.

— Il est libraire en Angleterre.

— Il pourrait être moine en Norvège, je m'en foutrais pareil. Mais méfiez-vous.

— Pourquoi tu dis vous ?

— On m'a dit que tu refaisais équipe avec Louis. Va le chercher, il attend dans la bagnole, je vous ai vus passer. C'est rare, par ici, qu'une voiture repasse trois fois de suite au même endroit.

Touché. Une erreur à ne pas refaire. Méfiez-vous, comme il disait. Ce n'est plus de la rigolade.

Adrien alla chercher son pote. Benno, qui, avant, aimait beaucoup Marcel, le serra contre lui un peu plus longtemps que prévu. Même la pseudo-guerre n'exclut pas des sentiments ringards. Ils burent un long moment, évoquant quelques souvenirs agités mais hésitant à faire les anciens combattants. Jamais ils ne parlèrent du présent. Les réflexes étaient bons. Arrêter toute communication, pour être sûr de ne mettre personne au courant.

Il alla leur chercher une serviette de cuir noir, l'ouvrit devant leur yeux. Il y avait deux automatiques Beretta avec silencieux, et une pharmacopée inquiétante. Marcel leur expliqua. La seringue, les cachets, tout ça. Pour endormir, pour réveiller, pour éteindre, pour allumer. C'était simple. Benno, qui suppléait le véto, les jours de peine, là-haut, dans le canton, ne parut pas impressionné d'avoir à jouer bientôt au docteur.

— Et puis y a l'autre taf, graillonna Marcel, réprimant tout juste une autre quinte de toux.

Il passa dans la pièce d'à côté et revint avec une petite caisse scotchée de marron, avec deux électrodes dépassant du carton, sur le dessus.

— Ça, c'est du badaboum fabrication tchèque. Huit kilos. À manier quand même avec précaution. Le détonateur est inclus. Faut pas jouer à la balle au priso avec.

Il posa sur le carton une sorte de petit appareil électrique de mesure et une pile 9V.

— Vous mettez la pile là, vous branchez les deux fils, là, le rouge avec le rouge et le bleu avec le bleu, et vous tournez ce commutateur. Après, vous avez trois minutes pour vous tailler. Mettez trois ou quatre cents mètres entre vous et l'engin.

Benno et Adrien, tendus, regardaient la caisse comme si elle allait leur péter à la figure. Ce genre de truc ne leur inspirait pas confiance, ils aimaient les éléments qu'ils pouvaient contrôler. Cette bombe, c'était aussi la possibilité de les faire sauter en même temps. Marcel lut dans leurs pensées, normal, elles étaient tellement prévisibles.

— Un seul d'entre vous appuiera sur le bouton. Pas de lézard, le second pourrait revenir, en cas d'embrouille, nous chauffer les doigts de pied. Du calme, les gars.

— Ah ouais ? Je croyais qu'on ne pouvait pas remonter...

— Y a moi.

— Ouais... Tu parles d'une piste...

— Faites-moi, confiance, camarades. Sinon on vous aurait demandé d'effectuer cette mission en dernier.

Pas mal, l'argument. Ils burent encore un peu de vin. Du râpeux, genre Madiran. Celui que buvait toujours Michel.

Ils se quittèrent calmement.

— À dans vingt ans, peut-être, grimaça Marcel. Mais je crois pas. Ce coup-ci, c'est la bonne... On se reverra sur le boulevard, avec les drapeaux.

— J'aime pas les drapeaux, dit Adrien.

Une fois dans la Safrane, Benno, qui serrait entre ses cuisses la serviette de cuir, regarda plusieurs fois en coin son compagnon, comme si c'était à lui de parler, de commencer.

— Je pense encore à Lucky, marmonna-t-il.

— Eh ben arrête d'y penser.

— Pourquoi ils lui ont raconté un truc différent, à Marcel ? Hein ? Plongeur en Martinique. Libraire chez les beefs. Nous, on nous ment et à lui on lui raconte des craques. J'aime pas ça.

— C'est uniquement pour que personne ne retrouve sa trace. Ils n'ont pas envie de reconstituer le même groupe. Alors ils noient le poisson.

— Je te trouve bien positif, d'un coup.

Adrien freina brutalement. Juste avant la bretelle vers le périf. Il coupa le moteur et mit les deux mains sur le volant.

— Benno. T'es mon pote. Mettons les choses au point. Une fois pour toutes.

Il respira profondément, regardant les maisons dégueulasses bordant la Porte de Vitry, des baraques prochainement destinées à la destruction, à la ruine. Remplacées bientôt par des médiathèques ou des Cuir Center.

— Benno. Regarde-nous. Là. Maintenant. Et tu vois quoi ? Un truc inconcevable. Le monde a changé. Les mecs et les nanas d'Action Directe pourrissent en taule. L'ex-armée secrète mao a abandonné un combat auquel elle ne croit plus depuis longtemps. Le FLB s'est noyé dans le biniou. Les Basques dérivent, mal. Les Corses, n'en parlons même pas. Nos idéologues d'avant font de la politique ou de la littérature. Et nous, deux pauvres couillons, vingt-cinq après, on repique au jus. On est hors classe, hors d'âge. Comme des samouraïs dans un film de kung-fu à la con. La seule différence, c'est que personne, mais alors personne ne peut croire qu'il y a, dans Paris, deux types qui reprennent ce genre de guerre de Cent Ans. Avec des flingues dans la poche et de la dynamite dans le coffre. Personne. T'entends ? Personne. C'est ce qui nous protège, pour l'instant. Personne, à part ceux qui nous emploient. On verra bien pour qui ils roulent, ceux-là. On a le temps. Ils vont se servir de nous un petit moment. On verra bien. Bref. Mais la seule chose qui contient un peu de réel dans tout ça, c'est notre désir. Notre désir. T'entends ? Notre désir ! Benno, est-ce que tu veux continuer ? Tu sais exactement ce qu'on fait, ce qu'on risque, ce que, grosso modo, ça vaut, Benno, est-ce que tu veux continuer ?

— Tu parles bien, toi, quand tu parles.

— C'est ça, fous-toi de ma gueule.

Et Adrien, en souriant, remit le moteur en marche.

*

Je ne pense pas, ou peu, parce qu'il n'y a personne dans qui je peux puiser, personne dont les idées, les sensations m'arrivent directement dans le crâne. Mais, ce qui est étonnant, c'est que même les vaches ont de la mémoire, et la mienne, c'est tout ce que j'ai pu voir, entendre, sentir dans les têtes des autres. Et ça m'est facile de faire alors le tri. C'est à Benno que je pense le plus souvent, parce qu'il m'aime, tout simplement, parce qu'il me prend exactement pour ce que je suis et parce que, par amour, il se doute de quelque chose. Ce doute restera un doute. Je sais bien qu'il n'est pas prêt à avaler une réalité qui se nommerait vache à cerveau. Mais ça ne fait rien. Je refais passer devant moi tous les bons moments qu'on a eus ensemble, ces conversations à sens unique, des fois j'ai eu l'impression d'être comme un confessionnal, ça meuble, ça fait passer l'herbe, toujours la même, et l'enfermement dans un hectare et demi, et le malheur qu'il peut y avoir à penser tout ce que les oiseaux pensent.

*

Devant la gare d'Hazebrouck, ils prirent une bière en observant les lourds nuages gris qui s'accumulaient dans le ciel flamand. Les repérages étaient terminés, L'I.L.I., l'Institut de Logique Industrielle, était comme un hameau de grandes bâtisses dignes et peu voyantes, en brique, avec des haies de saules pleureurs tout autour. Si ça ne faisait pas garden-party de la haute, on sentait, même de loin, qu'à l'intérieur ça devait être plutôt du genre douillet-cossu. Il y avait une vingtaine de congressistes, officiellement des sucriers, dont la plupart étaient logés sur place. Mornac-Collignon, lui, créchait dans une villa fin dix-neuvième, sans doute la maison patronale d'une ancienne usine, trois kilomètres plus loin, sur la route de Dunkerque. Il faisait le trajet dans une grosse Rover avec chauffeur, toujours accompagné d'une espèce de secrétaire taillé comme une enclume de dessin animé. Il allait falloir jouer serré. Les Beretta étaient les bienvenus. Adrien et Benno étudièrent pendant trois jours pleins les allées et venues des costauds de la bouffe mondiale. Tout était minuté rolex et il n'y avait pas de rigolade dans l'air. On était loin de ces réunions de cadors, avec champagne cristal et pépées *Biba-Magazine*, comme on en lisait dans les romans à deux euros. Ça travaillait dur, ça bavait ferme, c'était la semaine super-sérieuse. L'avenir des riches était en jeu. Leurs dames légales pouvaient être tranquilles et continuer à zoner chez Vuitton, angéliner rue de Rivoli et aller mater les muscles luisants de Bruce Willis.

Pendant toute la période d'approche, ils appelèrent leur proie Bismarck, non pas en hommage au kaiser au casque en pointe, mais parce qu'ils étaient près de la mer du Nord et qu'ils se rappelaient une vieille rengaine de Nino Ferrer, celle qui évoquait le copain Bismarck qui faisait cornac dans un cirque et traduisait Pétrarque en turc à Dunkerque.

Les travaux de l'Institut n'étaient pas vraiment publics, et même la presse locale n'en parlait pas. La *Voix du Nord* était muette. Et Bismarck, ça devait le faire jubiler sévère de côtoyer, à vingt bornes près, les contrées où il pourrait croupir au pain sec et à l'eau nitratée. Jubiler, certes, mais frémir aussi. Donc, il était prudent, excessivement prudent. Le soir, les congressistes mangeaient sur place et il faisait nuit quand ceux qui ne couchaient pas dans l'Institut reprenaient leurs voitures. Donc Benno et Adrien décidèrent d'œuvrer à ce moment-là, le soir même où, d'après les instructions, ils devaient passer la frontière. Ça leur donnait une heure et demie pour faire quarante bornes, ce qui était suffisant. Mais il ne fallait aucune couille dans le potage. Ils s'occuperaient du chauffeur et Adrien prendrait sa place. C'était le secrétaire qui ouvrirait la porte de la bagnole, comme d'habitude. Ils laisseraient Bismarck s'asseoir sur le cuir anglais et Benno se paierait l'armoire à glace. Et roulez petits bolides, direction moules-frites.

Alors, c'est pour ça qu'ils dégustaient une Leffe Radieuse, la bière qui fait rire bêtement, à la terrasse du café juste en face de la gare d'Hazebrouck.

Depuis une semaine, ils avaient eu du boulot, ils étaient à cran, presque fatigués. Un peu comme des salariés du baston secret. La mission numéro deux s'était déroulée deux doigts dans le nez et les autres en signe de. Ils avaient été dans les environs de la Ferté-Bernard, dans le Perche, en pleine forêt, à la lisière d'une nationale sinistre, le genre à faire monter les statistiques des accidents pour excès de vitesse. Derrière des haies de tuyas, une sorte de VVF, bois et acier, fermé, le Centre de Documentation Internationale.

Un chien, un retriever, qu'ils amadouèrent radicalement, dès qu'il se pointa devant la grille. Un gardien, qu'ils surprirent devant sa télé et qu'ils enfermèrent dans le coffre de leur voiture, ligoté à mort par du fil de téléphone, cagoulé par une housse d'ordinateur.

C'était Benno qui avait été tiré au sort pour appuyer sur ce putain de bouton. Et qui avait fait la gueule.

— Tu veux que j'y aille ? avait demandé Adrien. J'ai plus confiance que toi.

— Non, non. Il faut bien prendre des risques, putain...

Ils avaient mis la bombe dans une petite pièce fermée, genre débarras, au milieu de la bâtisse. Et puis Adrien avait rejoint la voiture en coinçant les portes en position ouverte pour que le retour en pompe de

Benno soit le plus rapide possible. Quand celui-ci avait entendu le moteur de la Renault ronfler, il avait respiré un grand coup, avait positionné la petite pile carrée, mis les deux électrodes, et alors là, il avait dit plusieurs fois maman, maman, maman et, hop, avait tourné le commutateur. Deux secondes après, hébété, il s'était mis à courir en refermant les deux premières portes derrière lui. Il s'était engouffré dans la Scénic au moment où elle démarrait. Ils avaient débouché sur la nationale. Aucun phare à l'horizon, et en avant, un petit cent dix. Deux minutes plus tard, au bout de l'immense ligne droite, ils s'arrêtèrent, ouvrirent le coffre, balancèrent le saucisson humain dans le fossé.

Une explosion, sourde, nette, au lointain.

Ils redémarrèrent. Fastoche.

Un rêve.

Vraiment.

Ils virent deux TGV passer, de si grands trains dans une si petite gare. Ils étaient silencieux et statiques, tentant de se concentrer, de se calmer, de se persuader que tout irait bien. C'est toujours très simple, ce genre d'opérations, il n'y a que dans les romans que ça se complique et qu'un 747 en feu tombe juste à ce moment sur le théâtre des opérations. C'est toujours très simple si on accepte la violence incluse dans ce genre d'action, si on accepte de frapper durement la nuque ou la tête de quelqu'un. Après, la peur fait le reste, en général chez l'ennemi. C'est comme dans les bagarres de rue, il n'y a que le premier coup reçu qui fait mal. Après c'est le voile rouge. Mais là, le voile rouge allait s'abattre sur un patron, sur Moloch.

Trois jours avant, dans *Libé*, ils avaient appris que le Centre de Documentation Internationale, près de Vibraye, dans la Sarthe, avait été totalement détruit par de mystérieux explosions et incendies, que les pompiers avaient eu beaucoup de mal à circonscrire. Les phrases type. Mystérieuse explosion, tu parles. Pas de nouvelles du gardien. Le journaliste précisait les liens évidents unissant le Centre avec des tas de groupes et d'associations gravitant autour de l'Opus Dei, Droit à la Vie, Droit d'être Con et tout le toutim. Des virulents qui oublient de mettre, dans leur sigle, toute référence à l'extrême-droite. Benno et Adrien avaient été, a posteriori, très contents. Les curés politiques, normal qu'ils en prennent un peu dans leurs soutanes.

Après, ils se baladèrent un peu dans Hazebrouck. On n'était pas loin des mines, mais, là, on sentait que tout venait de la terre. Que la richesse du coin était agricole, du moins semblait l'être encore. Ils ne se parlèrent pas, observèrent les jolies maisons du centre-ville, entrèrent dans une librairie, Benno pensa une fois de plus à Lucky. Ils achetèrent un guide de la bière locale, rien que pour le plaisir d'avoir à dire deux mots à la jolie patronne.

Puis, à huit heures, ils remontèrent dans la Safrane et rejoignirent calmement leur terrain de jeu. Ils la garèrent à la sortie de la ville, dans un parking particulier qu'ils avaient repéré vide depuis trois jours. Il leur restait une heure et demie et trois kilomètres à faire à pied. Pas de problème.

— Dire qu'en ce moment, avant, toi, tu pelais les patates, dit Adrien.

— Des « charlotte ». Cette année, théoriquement, on aurait mis des « ostara ».

— J'ai faim.

— Dans trois heures, on se tape un waterzoï.

— Une carbonade pour moi. Tu connais la carbonade ?

— Non.

— Tu vas voir le délire.

*

Les jeunes sont revenus, se sont à nouveau enfermés dans la maison. Je me suis éloignée. Il n'y avait, dans leurs têtes, que du soleil, un peu moins aveuglant qu'avant, plus jaune, plus net. En haut du champ, je n'entendais rien de ce qui pouvait se passer à l'étage, et tant mieux. Même si ma vie lente et ruminante avait vraiment besoin d'un peu d'imprévu. Mais c'est Benno que j'aurais voulu revoir. Parce que c'était le seul qui osait me parler face à face. C'était comme une chatouille. Il pensait, il parlait, j'entendais deux fois ce qu'il éprouvait et ce qu'il disait. Délicieux.

*

Les doigts dans le nez. Comme quoi être terroriste, résistant, combattant de l'ombre ou gangster, des fois c'est d'une facilité déconcertante. Le chauffeur n'a rien vu venir et, là, il attend, ligoté à un arbre, comme dans le *Club des Cinq*, un mouchoir bien enfoncé dans la bouche. Lui aussi, il doit penser. Et soupeser ses chances que quelqu'un passe assez vite dans le petit bois, car il commence à avoir une sérieuse envie de pisser. Adrien portait beau avec la casquette et le costard sombre. Les deux avaient mis des gants de coton, qu'ils n'enlèveraient qu'une fois l'affaire conclue.

Bismarck est arrivé en parlant fort avec son secrétaire, le champagne avait dû faire son effet. Ils avaient fêté la fin du stage, comme deux pauvres mecs en formation tout contents d'espérer un prochain CDD. Un peu ivres, mais pas avec du Champomy.

Benno a assommé le grand costaud avec la matraque. Adrien a braqué immédiatement Mornac-Collignon qui, même de nuit, a pris la couleur d'un épi de maïs pas frais. Ensuite, Benno a fait une piqûre au secrétaire, à la saignée du bras. Dodo profond pendant une demi-journée au moins. Il l'a traîné par les pieds derrière une petite haie de budleïas. Même si on le trouvait vite, ce ne serait pas tout de suite qu'il fournirait des explications. Bismarck tenta illico de négocier, mais Adrien lui conseilla de fermer sa gueule et de s'en tenir là s'il ne voulait pas, en plus, une balle dans son beau genou de patron bronzé par le tennis sur le dos des travailleurs.

La BMW démarra lentement. Benno prépara la deuxième seringue et piqua Bismarck dans l'épaule.

— Bouge pas, c'est un calmant. C'est pour éviter le stress.

Mornac-Collignon ferma les yeux dix minutes après. On aurait pu croire que c'était à cause de l'alcool et du doux ronronnement de la bagnole. Adrien conduisait sûrement, à 80, pas plus, concentré, il avait appris le plan compliqué des petites routes de Flandre. La frontière, ils la passeraient à Hondschoote, à 23 h 30. Soit il n'y aurait personne au poste de douane, les bienfaits de l'Europe, soit un certain Armand Herrard serait de garde et ne ferait pas gaffe au type qui dormait sur le siège arrière en bavant un peu de la bouche. Benno pinçait le dessus des cuisses de Bismarck tous les trois ou quatre kilomètres et vérifiait l'état des réactions de l'endormi. Mais le produit injecté devait être du bon, du très bon, du fort, du très fort.

Ils n'avaient pas dit un mot depuis le départ du parking de l'Institut. Pas besoin. La confiance. Pas de trace de voix que l'autre aurait pu repérer.

— On peut causer, dit Benno. Il roupille comme il a jamais roupillé.

— C'est fou.

— Qu'est-ce qui est fou ?

— Ben, tout ça. Facile, mimile. À l'aise, Thérèse. On carotte un grand patron, un des mecs les plus enviés de France et de Navarre

— Et de Belgique...

— Ouais, comme ça, tranquilles.

— Mais là, on va en entendre parler, à mon avis.

— Bon, on la ferme jusqu'à la frontière. C'est pas

terminé. Faut pas mollir. Nous sommes des soldats, merde.

Le poste de douane était vide, comme fermé pour travaux. Une loupiote dans les bâtiments jouxtant la route. De maigres lampadaires éclairant chichement l'aire de passage. Une voiture des douanes et une autre de la gendarmerie. Les gabelous devaient tenter de battre à la belote les képis. La BMW passa au ralenti puis, sur le sol belge, accéléra doucement, prenant la direction de Courtrai. Bismarck ronflait légèrement et avait pissé sur lui.

Ils tombèrent sur l'autoroute à Ypres et ils pensèrent aux gaz de combat. Y a des villes, comme ça, comme Dresde ou Nagasaki, qui n'auront plus jamais besoin de syndicats d'initiative. Peu de voitures sur le ruban plus clair que la nuit, éclairé par un sinistre et public éclairage.

Ils laissèrent la BMW sur le parking de la gare de Courtrai et prirent le dernier Intercity pour Gand. Ils ne restèrent que trois minutes sur le quai. Tout le minutage était exact. Juste avant, ils avaient soigneusement nettoyé, à l'aide d'un produit décapant, tout ce qu'ils avaient pu toucher sans les gants, comme la mallette et les armes, et laissé le tout dans le coffre de la voiture, avec les clefs de bagnole à l'intérieur.

Dans le wagon, sur les sièges de moleskine brun clair, pour la première fois, ils se détendirent.

— Et voilà le travail.

— Théoriquement, dès qu'on arrive à Gand, les autres préviennent les autorités. Une heure à peine,

Bismarck est au chaud. La Justice Belge peut nous donner une médaille.

— S'ils nous retrouvent.

— On suit les instructions ? L'hôtel prévu ?

— Je ne sais pas. Pour l'instant, on leur a fait totalement confiance, à la seconde près.

— Mon petit doigt me dit qu'on peut y aller. Qu'on nous appâte. C'est plus tard qu'il faudra faire gaffe...

Benno regarda son compagnon, c'était la première fois qu'Adrien lançait un bémol. Et ça le rassura, on ne pouvait pas aller à l'aveuglette tout le temps, comme des machines préprogrammées, des cyborgs avec de la graisse de mou de surimi dans le ciboulot.

— Bon. D'accord pour l'hôtel. Mais avant, si on pouvait bouffer...

— J'aimerais bien voir l'Agneau Mystique, dit Adrien.

— C'est quoi, des brochettes ?

— Pauvre con c'est le plus beau tableau du monde.

— Moi je vais pas dans un musée, c'est mort les musées, pire que des cimetières, sans moi, hein, ça fait trente ans que je suis pas entré dans un musée.

— C'est pas dans un musée, c'est dans une église..

— Eh ben encore mieux, une église, putain.

Et chacun sombra dans le délice du train de nuit. Moins d'une heure à se laisser mener, à poser la tête contre la vitre, à respirer au rythme du claquement des rails, à regarder vaguement les autres voyageurs, comme s'ils étaient dans la même barque que vous.

*

Des fois, je me concentre. Je ne bouge absolument pas, je tente de ne plus faire attention à toutes ces bribes de sens qui m'arrivent, des idées d'oiseaux, de taupes, de vers de terre, de belettes, j'essaie de ne plus entendre le faible vent sur mon cuir, je repousse le crépitement incessant du crachin sur mon crâne et je me propulse loin, très loin, vers Benno. Mais je n'y parviens pas. Il doit être trop loin.

Des fois, j'ai comme l'impression qu'une vague idée arrive jusqu'à moi, informe, quelque chose de ténu et de fragile, mais je ne peux pas savoir, ça doit être quelqu'un qui pense à une vache. ce qui est assez normal dans les parages.

*

Quand, vers neuf heures, ils sortirent de l'hôtel Vervoorde, il faisait soleil, une drôle de lueur un peu jaune citron baignait la vieille ville. Au-dessus des toits, ils virent plusieurs flèches d'église ou de cathédrale, ne se sentirent entourés que de vieux murs de briques et il y avait déjà beaucoup de monde dans les rues. Il faisait frais. C'était comme au Moyen-Âge.

Ils entrèrent dans un café, un petit-déjeuner, deux journaux du matin, vides de toute information sur Mornac-Collignon. Mais ils dégustèrent leurs brioches à la pomme en écoutant la radio que le patron du café suivait religieusement en la fixant comme un poste de télé. Et là, c'était du Victor Hugo réformé Léon Zitrone. Depuis l'affaire Dutroux, on n'avait pas fait mieux côté furia journalistique, avec l'accent belge en plus, et en double version, wallonne et flamande. C'était un beau bordel. Le gouvernement poussait des cris d'effraie en rut, jurant ses grands dieux qu'il n'était pour rien dans ce rapt. On agitait la puissance occulte, services secrets, polices parallèles, grands pieds plats européens. La France protestait, le Roi protestait, l'Europe agricole en était toute retournée, les juges locaux bichaient, on ne savait pas quoi faire. Pas question de rendre le gangster-patron, mais pas question non plus d'admettre ces méthodes de voyous. Seuls, quelques esprits fins s'étonnaient de l'écho provoqué par l'affaire, ma foi, ce n'était que justice, et pour une fois qu'un grand, qu'un gros poisson ne passait pas entre les mailles du filet... D'autres amenaient, par le biais, les accords de Schengen et leur soudaine et réelle efficacité.

Benno et Adrien, eux, dégustaient leurs brioches. Elles n'en étaient que meilleures.

— Je ne sais pas pour la prochaine étape, marmonna Adrien. Mais si c'est exponentiel, ça va être coton.

— Tais-toi...

À la radio, on en venait aux traces, aux preuves, la BMW, l'Institut, les témoignages. On avait retrouvé le chauffeur et le secrétaire s'était réveillé. Celui-là, tiens, on venait de s'apercevoir que c'était un cadre de la DPS, la milice lepéniste française.

— Deux à zéro, résuma Adrien.

— On aurait pu lui tataner la gueule, en plus.

On recherchait deux hommes mais le signalement était d'un vague inouï, la nuit, la méthode d'attaque, le matériel. Des professionnels, ils disaient, tous. Avec cette manière hautaine de prononcer pro-fes-sion-nels comme si on avait la bouche pleine d'étrons.

On avait retrouvé des armes, dont le numéro avait été limé, des gants, une mallette anonyme. Pas d'empreintes. Des pro-fes-sion-nels.

— Nous sommes des professionnels, la vache.

— Allez chauffe ta brioche, on va voir la mer.

— D'abord l'Agneau Mystique.

— Écoute, Adrien, l'Histoire de l'Art, c'est fini. On fait l'histoire tout court.

— Ça fait vingt ans que je veux le voir.

— Bon. Je te préviens, je reste dehors. J'entre pas. Dieu est mort.

— Justement, tu ne risques rien.

Benno, effectivement, resta à l'extérieur, sur le pavé luisant de la place, au milieu d'un vol maigre de pigeons gloussant en flamand, et attendit, devant la cathédrale Saint-Bavon, qu'Adrien sacrifie à la culture. En sortant, celui-ci ne fit aucun commentaire superflu, il dit simplement que ça y était, il l'avait vu, le polyptique de Van Eyck, et Benno, de mauvaise humeur, lui cracha que Van Eyck, pour lui, c'était simplement un coureur cycliste.

Ils prirent le train jusqu'à Ostende, récupérèrent, à la consigne, une simple enveloppe, une adresse, une clef d'appartement, et un mot leur enjoignant de rester là trois jours et d'attendre les prochaines instructions. Ils achetèrent un plan, traversèrent la ville et intégrèrent leur nouvelle planque, un petit appartement au sixième étage d'un de ces vieux et immenses immeubles donnant sur la Mer du Nord. Ça ne faisait pas du tout Léo Ferré, mais plutôt années trente, avec le bord de mer bétonné sillonné en permanence par des vélos et de drôles de voiture à pédale. Des mouettes, des goélands, par millions. Et la plage, grise et jaune à la fois.

Ils restèrent bien deux heures scotchés à la baie vitrée, virent des bateaux revenant sans doute d'Angleterre, suivirent les promenades lentes des badauds, en dessous. L'appartement était meublé spartiate, il y avait même quelques vêtements d'enfant dans un placard et des réserves de céréales pour le petit-déjeuner.

Ils décidèrent, pendant les trois jours où ils auraient à patienter, de faire comme sur un voilier, de prendre des quarts de deux heures, à tour de rôle, sauf la nuit. Avec tout un petit système de codes pour éviter les mauvaises surprises, pour que celui qui est dehors sache si tout va bien à l'intérieur. Et vice-versa. Le b.a. ba d'une clandestinité mainte fois appris et presque jamais utilisé. Le premier jour passa tranquillement dans les brumes de la fin de printemps. Partout ailleurs, il devait faire beau et là, à Ostende, on ne savait pas quel temps il faisait. Ça hésitait entre le nuage bas, crachineux, et la percée chaude d'un soleil pâle. Ils lurent beaucoup les journaux où l'affaire Mornac-Collignon frisait l'incident diplomatique. Les commentateurs ne savaient pas ce qu'il allait se passer, mais ce dont ils étaient sûrs c'est que la carrière du ponte de l'agro en gros était foutue, sciée à la base.

Adrien visita le port et l'immense bassin intérieur

où s'entassaient des milliards de voiliers dont une bonne moitié ne devait jamais sortir pour se faire lécher la coque par les embruns glacés de la mer du Nord. Il visita la maison de James Ensor et découvrit Spillaert, un peintre qu'il ne connaissait pas et dont il pensa qu'il était radicalement sublime. Benno fit les bars, et découvrit un paquet de bières qu'il ne connaissait pas mais qui étaient sublimes aussi. Et puis il dégusta toute une flopée de fruits de mer qu'on vendait sur le port, emballés frits, dans du gros papier gris. Il visita la gare, il aimait les trains et les machines électriques belges étaient magnifiques, trapues, peintes en jaune et vert et traînant des wagons rouges.

Le deuxième jour fut l'exacte réplique du précédent. Sauf que les bords de mer commencèrent à leur fatiguer les neurones. Ostende, y avait juste de quoi en faire une chanson. Et encore.

Et le soir, on frappa à la porte.

C'était Annie. C'est vrai qu'ils avaient vaguement compris qu'elle travaillait à Bruxelles ou à La Haye, ils ne savaient plus. Elle entra, toujours blonde diaphane, en sweat-shirt et pantalon de toile, les cheveux défaits, pas maquillée. S'avança dans l'appartement, alla à la cuisine, se prit une bière dans le frigo, et revint s'asseoir sur la simple table de bois.

— Faites comme chez vous, rigola Benno.

— C'est chez moi. Loué à l'année par mon mari.

— Il a de la chance...

— D'avoir cet appartement ?

— Ouais, ouais.

Ils se regardèrent. Une femme et deux hommes.

— Bravo, elle a dit. Parfait. Pas de bavure. Pas de traces. Ils ne remonteront jamais.

— Y a intérêt.

— Aucune crainte. Vous restez là pendant deux jours encore. Que ça se tasse un peu. Vous retournez ensuite à Paris, chacun de votre côté, et vous partez pour Malte. Voici vos billets. Pas d'armes, un seul jeu de papiers. Vous serez séparés, du moins en apparence. Ça devient sérieux, très sérieux. Vous êtes toujours partants ?

— Partants pour quoi ?

— C'est plus dur. Mentalement.

— On peut savoir ?

— Votre accord d'abord.

— C'est pas vraiment logique.

— Il n'y a plus de logique, maintenant.

Alors, ce fut étrange ce qui se passa dans la tête des deux nouveaux partisans. Sans doute à cause de l'endroit, la grande baie, l'horizontalité d'une mer sale, le manque de personnalité de la pièce, cette femme si blonde qu'elle en était presque transparente. Benno pensa un court instant à sa vache, mais elle était loin, maintenant, très loin, petit point noir et blanc perdu dans des montagnes lointaines. Et puis il réalisa qu'il n'avait rien devant lui, rien. Derrière, pas grand-chose, Sophie et son architecte, son plaisir de faire le jardin, peu de chose. Adrien, lui, pensa à ces vingt-cinq ans foutus à la poubelle en un coup de cuiller à pot, à Larchmütz qui perdrait peu à peu ses ardoises, et puis l'eau entrerait dans les murs et ça s'écroulerait en à peine autant de temps qu'ils l'avaient retapée. Il pensa aussi à ses deux enfants et à l'empressement qu'ils avaient eu à rejoindre la ville, les ordinateurs, le travail salarié et la bouffe en boîte plastique. Il pensa à Nadine, à son corps nerveux qui sentait toujours le pain d'épices, femme qui n'en pouvait plus et qui serait horrifiée de le voir là, en train de baigner peu à peu dans le sang et les larmes.

— Vous êtes toujours totalement sûrs de vous ? demanda Benno. Une fois, on a eu des flics parmi nous, ça suffit. Y en a qui ont fait quinze ans de cabane et nous vingt-cinq de néo-rural. Ça va bien comme ça. Si ça devient sérieux, je veux dire...

— Tout est trop morcelé. Les décisions sont prises par des gens totalement sûrs et qui ne savent même pas qui appliquera ces décisions. On ne remonte pas. On ne descend pas non plus. Vous n'avez que deux contacts, Luc et moi. On se connaît. Sur ce coup, Luc n'est même pas au courant, si ça peut vous rassurer...

— Vous croyez qu'on soupçonne Luc ?

— Non, ce n'est pas ce que je voulais dire. Je voulais simplement vous prouver que, maintenant, ce qui est confidentiel, l'est vraiment.

Benno et Adrien se regardèrent sans vouloir donner l'impression qu'ils hésitaient. Benno hocha la tête, il avait à présent l'habitude de faire confiance à son pote.

— C'est OK, dit doucement Adrien. En contrepartie...

— En contrepartie ?

— On veut pouvoir vous contacter à tout moment.

— C'est impossible.

— Pourquoi ? Vous êtes fonctionnaire internationale, on doit pouvoir vous toucher sans éveiller aucun soupçon.

— Vous êtes cons ou quoi ? Les gens du TPI sont fliqués à mort. Imaginez que vous me téléphoniez de Malte. Dans le quart d'heure qui suit, y a une note sur ma pomme. Et, en plus, vous devriez connaître ma vraie identité, ce qui est contraire au fonctionnement de l'organisation. Qu'est-ce qui vous prend ? Je devrais même être inquiète de cette soudaine curiosité. Moi aussi je pourrais me dire que vous êtes des taupes. Qu'on vous a retournés, on a eu le temps pour cela...

L'énervement lui allait bien. Un peu de couleur sur les joues. Le bleu des yeux plus foncé.

— Vous avez peur ?

— Non, intervint Benno. On n'a pas peur, on n'a plus peur, on n'aura plus jamais peur. On veut gagner. On veut le Grand Soir, le Super-Matin et le Sublime Après-midi. On en a marre d'attendre.

— Je comprends.

Et elle s'est levée, est allée vers la baie. Ils observèrent sa silhouette se découper sur le gris du ciel et le verdâtre de la mer.

Et puis, de dos, elle enleva son sweat-shirt. Ses omoplates nues. La ligne à peine marquée de la colonne vertébrale. Les épaules rondes et frêles en même temps. Et elle se tourna. Ses seins, encore petits, pointés de rose. Et une tache de vin d'une dizaine de centimètres juste au-dessus du nombril.

— Voilà. Ça, c'est une preuve, dit-elle en caressant

la zone plus sombre qui avait vaguement la forme d'une cafetière. Bien sûr, ça mettrait un certain temps à toutes les polices de déshabiller chaque fonctionnaire blonde en Europe, mais ça serait le temps nécessaire qu'il me faudrait pour me planquer à jamais. En contrepartie, ça suffirait à vous disculper. À ne vous positionner qu'en tant qu'hommes de main. Ça vous va ? Je ne peux pas faire plus...

Eux, ils ne pensaient qu'à la poitrine d'Annie. Les plus beaux seins qu'ils avaient vus, de toute leur vie, parce qu'ils avaient mis du temps à s'avouer que ça faisait trente ans qu'ils voulaient les voir, les seins d'Annie.

*

Benno, t'es où ? Je m'ennuie. Goldorak est revenu, hier. Il n'est même pas monté jusqu'à la ferme, il s'est arrêté à mi-chemin. Il est comme moi, il voudrait bien que tu reviennes. Benno, t'es où ?

*

Deux jours après, ils se séparaient. Ils eurent le temps de refaire leur garde-robe et achetèrent des tee-shirts à la noix. Ils passèrent chez le coiffeur. En ressortirent nets comme des employés de banque. Leur restaient quarante-huit heures à ne pas penser. À supporter les vagues de touristes arrivant en masse dans le coin.

Ils avaient rendez-vous dans un bar sur le port de La

Valette, dix jours plus tard. Ils y arriveraient séparés, Adrien le premier. C'est lui qui aurait à faire avec le contact sur place. Il laisserait quelques indices pour que Benno, en débarquant, sache que tout va bien.

Tous les deux décidèrent de changer leur lieu de rendez-vous. Ils n'aimaient pas trop l'idée de mener une opération sur une île. Sur une île, on est coincé. Sur une île tout le monde se connaît. L'étranger, le mec qui vient du continent, il porte ça au milieu de sa figure. Alors, ils modifièrent ce qu'ils pouvaient modifier. Annie et les autres devaient d'ailleurs s'en douter...

— La Décollation de Saint-Jean Baptiste.

— Allo ?

— Une des plus belles toiles du Caravage.

— Dans une église, je parie.

— Non, la cathédrale Saint-Jean de la Valette.

— Tu fais chier, Adrien, si t'as trouvé ce moyen pour me faire entrer chez les curés, c'est vraiment nul...

— Non. Mais, comme ça, a priori, ça devrait être un endroit où il y a du monde. Et puis il serait temps que tu fasses ton éducation. Il n'y a que l'art qui sauve le monde. Et Caravage était un mauvais garçon. Il a passé plus de temps dans des tavernes louches que devant son chevalet. Il était aussi un peu assassin, on dit.

— Et puis c'est comme à Gand, en fait t'as envie de voir...

— Ouais.

— C'est fou. T'es un type recherché par toutes les polices du monde et tu fais de l'Histoire de l'Art.

— C'est quand même de l'Histoire...

Malte et ses chevaliers étaient encore loin. En attendant, on leur donnait un petit travail à faire, oh pas grand-chose, du renseignement. Un truc pépère. Annie leur avait donné à chacun une enveloppe. À n'ouvrir que lorsqu'ils seraient isolés. Outre cette petite mission à accomplir, ils avaient le champ libre. Interdiction de savoir ce que l'autre avait à accomplir. Noyer le poisson, repasser la frontière seul. Se balader. Ne pas rester en place. Se refaire le mental. Chacun avait du fric, pas beaucoup mais suffisamment pour tenir. Annie avait insisté pour que personne ne dise à l'autre la façon dont il s'y prendrait. Benno et Adrien évoquèrent une parano galopante et grandissante dans tous ces diktats. Elle leur répondit qu'on était jamais sûr de rien, qu'elle les aimait bien et que c'était une façon qu'elle avait de les protéger. Ils comprirent que c'était comme avant, que rien n'avait réellement changé et que les serpents pouvaient se réchauffer dans les seins. Pas ceux d'Annie. Trop blancs et roses, légers, aériens, doux s'ils avaient pu les toucher.

Benno partit le premier, il en avait marre d'Ostende et les vagues grises, toujours ces mêmes putains de vagues lourdes, comme du mercure ridé par le vent, lui donnaient envie de gerber.

Mais, des fois, la chance.

Longeant le bord de mer, il aperçut un couple qui se baladait le long du parapet de béton surplombant la plage. Un couple moderne, rieur, qui aurait pu figurer sur une couverture de *VSD*, vêtements amples, chevelures rendues folles par le petit vent iodé. Manquait plus que le clebs mouillé. Benno reconnut Patrick Bissonecq, cet écrivain envahissant les télés et les pages culturelles des canards, le genre de mec de droite et de gauche qui, parce qu'il n'a pas le courage de militer, de prendre position, s'invente des raisons à la fois pro-serbes, staliniennes, fascistes, situationnistes, anarchoïdes, n'importe quoi pourvu que ça bave, que ça épate le bourgeois, que ça remue le sixième arrondissement, un type en même temps méchant dans les gazettes et rigolo à la radio, bref un vrai couvercle de poubelle pour l'Histoire. Pour faire marrer cette femme qu'il devait vouloir impressionner en l'emmenant à Ostende, là où les hommes de goût vont se ressourcer, Saint-Trop c'est tellement vulgos, l'écrivain, riant un peu fort, sortant à mort ses dents blanches, est monté sur le parapet comme s'il voulait s'envoler. La plage, cinq mètres en dessous. Benno, en passant à côté du couple insouciant, poussa Bissonecq qui disparut derrière le parapet. Il se mit à courir, traversa l'avenue, et prit une des petites rues descendant vers la vieille ville. L'autre enfoiré s'en tirerait avec une entorse. Ça valait toutes celles qu'il faisait à la morale générale. Avec un peu de bol, une jambe cassée.

Il reprit le train, plusieurs trains, avec des correspondances à la con. Il devait récupérer la Safrane à Hazebrouck et la rendre à la maison de location. Après, ça le regardait. Il verrait bien.

Il avait une petite idée. Il avait le temps de vérifier,

si, à Morcenx, il y avait un bar rock tenu par un type ressemblant à Lucky. Cette merde lui emplissait la tête, le rendait méfiant et maintenait, dans les replis nerveux de sa mémoire, quelque chose de nauséabond comme la vengeance. « Il faudrait arrêter avec Lucky, ça fait croisade », avait dit Adrien, un soir, et il avait été d'accord. Mais c'était comme un petit foyer d'infection, là, dans le haut du poumon, loin de la tête, mais près du cœur.

La grosse Renault était toujours garée sur le petit parking, juste à côté d'une immonde villa pseudo-moderne. Elle avait, à ses côtés, une petite sœur, une Twingo violette. Quand il ouvrit la porte de sa voiture, une femme sortit de la baraque

— Ah ben, un peu plus, j'appelais la fourrière. Vous savez que c'est privé, ici ?

— Excusez-moi, madame...

— Parce que, vraiment, hein, c'est pas des trucs à faire, hein, vous êtes d'où ?

Elle regarda la plaque.

— De Lille. Cette voiture on me l'a prêtée...

— Depuis trois quatre jours, elle est là... c'est pas possible...

— Écoutez, c'est bête, mais, j'ai été à un mariage de copains à Hazebrouck... Vous savez ce que c'est, hein, comment dire, j'ai bu mais j'ai bu et puis je pouvais plus conduire, c'était pas prudent, alors je l'ai garée là, et puis je suis revenu à pied au mariage, j'ai fait la fermeture et vous me croirez pas, le lendemain, j'avais complètement, mais alors complètement oublié où je l'avais garée, cette foutue bagnole. Je m'en suis souvenu que ce matin, c'est crétin, mais

— Ah ben alors...

— Si vous voulez, je vous dédommage...

— Non non mais un peu plus j'appelais les gendarmes, hein.

— Merci, hein.

Et il claqua la portière et démarra, en sueur. Putain, c'était pareil qu'avant, les conspiges... En tant normal, il l'aurait traitée de vieille carne, lui aurait, du talon, écrasé un doigt de pied et se serait barré en lui faisant un geste obscène uniquement compréhensible par les martiens. Mais là, pas de vagues. Se faire petit petit. En prendre plein la gueule et la fermer. Courber le dos.

Deux kilomètres plus loin, il stoppa et ouvrit la lettre d'Annie. Il avait à surveiller pendant trois jours, à heure fixe, les arrivées et départs d'un type dans un petit restaurant corse du cinquième arrondissement. Deux ou trois photos étaient jointes à la lettre. Inconnu au bataillon, la cinquantaine, facile à reconnaître, une sorte de Tarass Boulba, chauve, épais, moustachu. Il y avait un numéro de téléphone, en Belgique, pour après.

Il garda un des portraits, déchira les autres, débita la lettre en petits morceaux, et brûla le tout sur le bord de la route. Il recopia le numéro de téléphone en le codant simplement avec des lettres de l'alphabet.

Il repartit doucement. Sur l'auto-radio, de la salsa.

Il rendit la voiture, récupéra l'empreinte de sa fausse carte bleue, fila à Paris, se paya un gueuleton au

Terminus-Nord, ah le munster avec des petites Belle de Fontenay tièdes, dormit au Holliday Inn de la Place de la République et le lendemain, prit le train pour Bordeaux, loua sur place une Clio et fit la route, droite en général, vers Morcenx. Sur place, au bout de deux cafés, il sut que le soir même, au Studebaker, à la sortie de la ville, sur la route de Mont-de-Marsan, y avait un concert de blues irlandais. Ah ouais, le patron, avait rajouté le serveur, ah oui, con, il a des rouflaquettes blanches, putain, un colosse, con...

Benno repartit immédiatement vers Bordeaux. Il savait ce qu'il voulait, Lucky ne leur avait pas menti, leur avait donné sa vraie adresse et que, donc, les chances qu'il ait été un flic s'amincissaient. Ou alors, il n'avait plus peur de rien, un suicide consenti. Mais bon. Benno avait déjà l'impression d'avoir fait une faute en venant jusque-là, alors ça suffisait comme ça.

Le soir, il reprenait le dur, la transversale Vintimille-Quimper, le train qui tue, le plus long trajet de la SNCF. Il dormit, lut un roman traduit de l'italien et tenta de penser. Il n'arriva pas à grand-chose, il ne tenait pas en place, il fallait qu'il bouge, qu'il passe de train en train et de voiture en voiture, il ne pouvait pas s'arrêter, et ne se voyait pas attendre, seul, à Paris, à regarder les jeunes filles sans soutien-gorge attendre l'été avec impatience, à aller voir des films tout à coup dénués de toute réalité et à croiser toute une population agitée dans l'amorphe, croyant que le bonheur était enfin stable, durable, perpétuel. Il descendit à Lorient, reloua une voiture et s'enfonça dans le vert, le Centre-Bretagne, les Montagnes Noires, là où les gens pensent qu'ils sont au centre tellurique du monde, là où les habitants n'oublient jamais la moindre pierre, le moindre talus, et vérifient la vitesse avec laquelle poussent les frênes et les chênes. Là où des fondus pensent que Merlin attend dans sa bulle et que Viviane, derrière un gros arbre, est toujours prête à faire un foot avec vous, graal au pied.

*

Encore une voiture qui monte le chemin. Doucement, l'herbe a dû pousser. Qui c'est, cette fois ? J'ai entendu tout de suite. Benno. Mon Benno. Toute ma peau s'est tendue et je me suis mise à cavaler vers le bas du champ. À fond les sabots. Benno. Il revenait ? Il était tout seul, je ne percevais que sa voix, et il avait l'air triste, il pensait que la maison fermée, c'était triste à mourir et il disait, où elle est Momone, ah elle est là, putain, mais elle va pas avoir assez d'herbe, faut la changer de champ, et il est descendu de voiture et il s'est précipité vers moi, dans sa tête, ça se mélangeait, mais c'était des histoires de bonheur, il y avait même du bleu, et pourquoi je suis parti, merde, c'est là qu'on devrait être et il m'a pris la tête et il a posé son front contre le mien et ça résonnait drôlement.

— Momone. Ma vavache. Ça va, Momone, ça va ? Allez vas-y, cause, parle-moi, y a personne pour entendre, vas-y Momone.

Je jure, j'ai essayé. Fort. Tellement que j'en ai pissé.

— Il est passé Adrien ? Hein, il est passé ? Je suis sûr qu'il est passé..

Et moi, je pouvais pas lui dire que je ne l'avais pas vu, l'autre, mais que j'en avais vu, du monde, et pas qu'un peu. Alors il m'a tapé longtemps sur le bide, il ne pensait qu'à des choses impossibles à résumer avec des mots, mais revenait souvent le plaisir qu'il avait à être là, l'angoisse d'avoir à repartir. Il a fait le tour du champ, m'a reparlé encore et a disparu. Longtemps sa voix m'est restée entre les cornes. J'étais triste, mais pas trop. S'il était revenu, ça voulait dire qu'il reviendrait encore. Attendre, simplement attendre.

*

Après, Benno est passé au bourg, chez le notaire. Qui n'était pas là. Sa femme, vaguement au courant, lui a dit que, pour l'instant, personne n'était acheteur mais qu'il fallait garder confiance. Les Anglais s'intéressaient de plus en plus à la région. Des couples pauvres chez eux qui revenaient se faire une petite santé sociale en France. Il y avait trois lettres dont deux de Nadine et une de Sophie. Plus un tas de factures et de prospectus agricoles. Benno lui conseilla de ne pas trop en faire pour la baraque et qu'ils allaient peut-être bientôt revenir. Sans doute. Si leurs affaires marchaient bien.

— C'est quoi, vos affaires, sans indiscrétion ?

— Du commerce. De l'artisanat de Bornéo. On voyage beaucoup.

C'est comme s'il lui avait dit qu'il tentait d'introduire le porc breton en Afghanistan. Elle a fait une vraie tronche de notaire qui, tout à coup, perd ses privilèges. Benno pensa un court instant que jamais les révolutions n'avaient osé toucher à ces corbeaux de la propriété individuelle. Et que c'était bizarre. Et que c'était anormal. Et que ça changerait bientôt.

En le saluant, elle lui confia qu'une vache se baladait sur la propriété. Quand elle disait « propriété », elle en avait plein la bouche, c'était monstrueux.

— Ouais, dit Benno, c'est Momone.

— Momone ?

— Ouais. Ma vache. Elle m'attend. Elle n'aime pas ceux qui ne l'aiment pas.

La femme le regarda comme si elle avait peur.

— Un voisin s'en occupe, ne vous tracassez pas, ajouta Benno en partant.

À Guingamp, il alla au garage où l'attendaient les quinze mille balles de la vente de la Volvo. Le mec, un peu étonné quand même, lui annonça que l'autre monsieur était venu la veille les récupérer. Adrien était donc passé. Il était encore dans le coin, peut-être. Lui non plus n'avait pas pu résister à l'appel de Larchmütz. Putain, Momone aurait dû le lui dire. Il reprit le train pour Paris.

Pendant trois jours, à l'heure des repas, il lut trois romans à la terrasse d'un café pas très loin du petit restaurant corse, planqué dans une rue tranquille et peu passante. Le mec chauve, il le reconnut tout de suite et déchira illico la photo. Sa proie arriva tous les jours pratiquement à heure fixe, une fois accompagnée de deux mecs en blouson, pas du tout son genre, en plus, assez déférents les mecs, et que je t'ouvre la porte, et que je te laisse passer, tout ça, une autre fois d'une femme un peu vulgos, et la troisième fois tout seul. Il restait entre une heure et demie et une heure trois quarts dans le resto et en ressortait alors qu'un taxi venait juste de se garer. Deux fois, il sortit très légèrement allumé, le vin de Patrimonio avait dû faire son petit effet. Il avait en général l'air tranquille. Une seule fois, la troisième, il sembla à Benno que Tarass Boulba jetait des coups d'œil discrets dans les parages.

Il changea d'arrondissement, traversa la Seine et, dans une cabine du boulevard Henri-IV, téléphona en Belgique. Un répondeur. Une voix anonyme. Il laissa simplement ses renseignements, les scénarisant un peu, comme si c'était quelqu'un qui racontait à quelqu'un d'autre les trois jours de folies gastronomiques qu'il venait de se payer à Pantruche.

Alors il alla boire une Guiness.

Et puis, il se prépara mentalement à partir pour Malte. Normal. Il avait toujours adoré le *Faucon Maltais*. Il allait enfin rencontrer les vrais cons du coin.

*

Une grosse, une noire, diesel, et j'ai perçu très vite ce qui se disait à l'intérieur, il y avait trois voix.

— C'est nul.

— T'attendais quoi, le Ritz ?

— Ho hé fais pas chier.

— Pas de connerie, on est là pour un petit bout de temps.

— T'aurais pu choisir plus classe.

— C'est vide, c'est isolé, tu veux quoi de plus ? Une piscine ?

— Ah ouais la pistoche ça aurait été bien.

— T'auras qu'à te foutre à poil dehors, il pleut tout le temps dans ce bled...

— Comptez pas sur moi pour vous ramasser des coquelicots.

— T'as vu y a une vache !

– T'attendais quoi, des girafes ?

— Hé, si tu fais la gueule comme ça tout le temps...

Des nouveaux. Pas du tout le genre d'avant. Des mecs très durs, des types qui ne m'aimeraient pas. Qui n'en avaient rien à foutre. Je me suis rapprochée de la limite du champ, comme ça je les voyais et les entendais mieux. Ils ont ouvert la porte d'entrée de la maison avec un truc en fer, et ont vidé leur bagnole. Il y avait des sacs, assez lourds et un peu de bouffe. Je les ai senti râler en visitant. Y en avait un qui avait mal à une jambe et qui est allé tout de suite s'allonger à l'étage en disant que des fois, les hôpitaux, c'est le vrai luxe... Ses pensées étaient fortes et inquiètes et il n'aimait pas beaucoup les autres types. Et les autres semblaient lui reprocher quelque chose.

Après ils ont rangé la voiture dans la grange et ont mis des bottes de paille devant et dessus.

Ça devenait intéressant, je n'étais jamais entrée dans les têtes de gens pareils. J'ai traversé le champ et je me suis planquée le long de la haie, sous le châtaignier. Là, tout était clair. Ils étaient fatigués, ils espéraient qu'ils seraient tranquilles, on leur avait dit qu'il n'y avait plus personne dans la baraque pendant un bon bout de temps, ils n'aimaient pas non plus les gendarmes, ils ont mangé, un peu, et bu, beaucoup, passe-moi le ouild turké, ils disaient tout le temps. Les deux types, en bas, se sont endormis. Le mec du haut, lui, ne dormait pas, il avait mal à la jambe et il pensait toujours à la même chose et j'entendais, je voyais ses images... Il avait peur aussi.

*

Adrien était parti de Marseille le mardi, Benno, le jeudi matin, de Paris. En France, il faisait gris et lourd. À La Valette, un ciel d'un bleu inouï. Aussi lumineux que la mer. De l'avion, avant d'atterrir à l'aéroport de Luqa, ils avaient vu les petites traînées blanches des bateaux sur la toile cirée aquatique, et toute une côte rocheuse verte et jaune. La petite île ronde de Gozo. Et des villes ocre, avec des clochers un peu fous. Tout faisait en même temps turc et baroque. Ça ressemble un tout petit peu à Palerme, avait pensé, de son côté, Adrien qui se souvenait d'une virée avec Nadine. Il y a longtemps. Si longtemps. Une éternité. Dans un autre monde, un réel différent. Le pull que j'ai emporté ne va pas me servir à grand-chose, s'était dit Benno, ça a l'air de chauffer.

Ils se retrouvèrent dans la cathédrale Saint-Jean. Effectivement, il y avait quelques touristes impatients, dansant d'un pied sur l'autre, et Benno fut passablement impressionné par la grande toile, avec cette lumière intense, entre blanc blafard et jaune chair, et ces ombres partout, ces fenêtres noires, ces pierres autour des portes. La tête de saint Jean, par terre, le sang coulant de sa gorge, le bourreau demi-nu penché au-dessus de lui. Il fut beaucoup plus intéressé par l'immense cadre d'or entourant la grande toile au-dessus de l'autel de chapelle et se demanda ce que ça pourrait rapporter un truc comme ça. Mais il fut content de sortir de la Cathédrale, il étouffait, il n'y avait pas un centimètre carré qui ne fût ouvragé, recouvert de marqueterie de marbre, de sculptures, de croix de Malte, d'entrelacs de pierre.

— Les curés, y a pas à dire, hein, souffla-t-il en sortant dans la touffeur de la ville. Mais je suis vraiment content de te voir. Tu vaux bien Caravage.

Ils s'étreignirent brièvement.

— On est vraiment mariés.

— C'est pas vraiment un voyage de noces. J'ai le contrat, viens, on va manger un fenek, c'est du lapin, tu vas voir, un délice. Je vais te raconter. Tu vas voir, accroche-toi au pinceau.

— On va où ?

— On monte à Mdina. C'est l'ancienne capitale. Y a des bus. C'est plus tranquille, là-haut.

Le contact d'Adrien l'attendait à l'aéroport. Il repartait deux heures après par le même zinc, direction Francfort. Il lui avait remis une petite valise en carton bouilli dans laquelle il y avait deux flingues, une carte de l'île, des livres maltaises, quelques recommandations pour le départ. Et puis la photo d'un grand homme brun et corpulent. Ensuite, ils avaient pris un café grec. Le contact avait expliqué en quelques mots ce qu'on attendait d'eux. Il fallait éliminer un certain Vlatko Partic, serbe de son état, criminel de guerre, un des responsables des massacres de Vukovar, condamné par contumace par le TPI de La Haye. Mais un type intouchable, qui ne risquait pas de tomber dans les mains des juges européens. Pourquoi, parce que Partic était, avant, un agent américain, et que les Américains, hein, n'aimaient pas trop ce tribunal international où certains Serbes ou Croates risquaient de raconter des trucs qui ne feraient pas vraiment plaisir aux grands frères d'Outre-Atlantique. Mais fallait maintenant montrer qu'on n'échappe plus à la justice et aux Droits de l'Homme. Vlatko Partic était un fasciste, un tueur raciste. Il était planqué dans le petit port de Mgarr, à Gozo, où il tenait un restaurant. Planque relativement idéale. Le mec était dangereux, se méfiait, mais pas trop, il avait fait son trou dans ce bled quasi oriental, lui qui, avant, il n'y a pas longtemps, l'aurait volontiers rasé en y foutant le feu et en enfermant les habitants à l'intérieur des brasiers.

Benno resta silencieux, regardant fixement les frigolli qu'il était en train de grignoter. Puis il prit un des petits gâteaux entre ses doigts.

— C'est bon, ça. Y a de la pâte d'amande. Le reste, c'est quoi, du citron ?

Adrien ne répondit pas.

— Ça y est, reprit Benno. Du sérieux. Qu'est-ce t'en penses ? On est un peu loin de la révolution, là, un peu loin.

— C'est tout de suite ce que je me suis dit. Le mec

m'a confié qu'on pouvait réfléchir, mais pas trop. On a de trois à cinq jours. Rapport à une négociation en haut lieu. C'est pour impressionner les Américains.

— Mais putain, on est transformés en tueurs internationaux.

— Ouais.

— Le patron, l'autre couillon de Mornac-mes-genoux, ça c'était bien. Là, ça me dépasse un peu. On peut tout aussi bien dessouder un simple opposant...

— C'est le risque.

— Alors ?

— Je ne vois pas une embrouille montée en nous appâtant avec une paire de nichons. La façon dont se comporte Annie fait penser quand même à tout ce qu'on pouvait faire avant.

— T'as peut-être raison, admit Benno qui croqua dans son gâteau.

— Des toxiques mettraient un autre genre de paquet. Ils ne nous prendraient pas par les sentiments.

— Les sentiments...

Benno regarda le petit restaurant, plein de touristes italiens et allemands. La saison commençait. Les blanchâtres arrivaient se faire dorer en jouissant de se croire des Templiers ou des Chevaliers. Le matin on visite, et il y a de quoi, à midi on bouffe comme des porcs, sieste crapuleuse et ensuite on va se baquer, quinze jours après on revient, sourire au patron, et en avant le laminage par le travail salarié.

— Et on repart comment ?

— On se démerde, il a dit. Rien de prévu. Raison de sécurité.

— Ça te semble normal ?

— Oui et non. Je ne sais pas. Faudra en tout cas se séparer à nouveau.

— Et ils nous recontactent quand ?

— Dans un mois, à Nantes. Un hôtel.

Ils restèrent encore longuement silencieux. C'est Adrien qui remit le couvert.

— Je crois qu'on est tranquilles jusqu'au moment où on ira se faire le Serbe. Après, je dois avouer que ça craint un peu. C'est à nous d'être imaginatifs. Se barrer d'une île, il n'y a pas trente-six façons... T'as une idée, toi, par exemple ?

— T'es marrant, toi.

— Non. Je ne suis pas marrant.

— C'est vrai, t'es pas marrant.

Ils se regardèrent fixement et ne purent déclencher qu'une sorte de fou rire.

— C'est dément, quand même, dit Benno.

— C'est pour ça que c'est vrai.

— Ouais mais bon, on est là, dans une espèce d'île à la con, en pleine Méditerranée, en train de se demander comment on va bousiller un type qu'on connaît même pas, comment après, on va se barrer en courant, on a du pognon pour ça, du temps, on le fait sans même vérifier, sans même savoir à quoi ça sert, sans même pouvoir savoir si ce foutu Serbe le mérite, ça se trouve, c'est un vendeur de glaces au concombre recyclé dans le goulash maltais.

— Tu crois que les types qui ont attaqué le Palais d'Hiver se posaient le même genre de questions ?

— Non. Mais ils auraient dû.

— Tu sais très bien qu'on ne s'en posera pas plus, de questions. Et qu'on va se le faire, le Vlatko. Et vaille que vaille. Parce qu'on vit notre vie. Celle qu'on a accepté d'éteindre pendant vingt balais. Moi, ce dont je suis content, c'est que pendant ces vingt ans, j'ai pas souffert, pas trop, j'ai pas fait de mal, j'ai enculé personne, je suis net. Et que tous les gens qui s'éclatent en ce moment en croyant que leur beau pays de France a définitivement échappé au malheur, à la misère, au terrorisme, à la guerre, eh ben ils se mettent le doigt dans l'oreille jusqu'au genou. Et que s'ils croient que le seul danger qui les menace c'est l'astéroïde fou de deux kilomètres de diamètre percutant l'Atlantique Nord, avec des vagues de deux cents mètres de haut, eh ben qu'ils le croient, et vive la démocratie triomphante...

— Arrête, tu me fatigues... Tout ce que tu dis...

— OK. Bon alors, on fait comment pour se barrer de ce trou ?

— De ce double trou. Le Serbe, il est à Gozo, l'île d'à côté, un petit port...

— D'accord.

Benno regarda son copain.

— T'as été récupérer les quinze mille balles de la Volvo.

Adrien éclata de rire.

— J'ai fait plus vite que toi.

— T'as été à Larchmütz ?

— Non j'ai pas pu.

— Moi, oui.

— Et alors ?

— J'ai failli rester. Momone va bien.

— Benno. Le fric, c'est Nadine qui l'a. Elle le redonnera au premier qui le lui demandera. C'est plus sûr. Le mec, je le sentais pas, d'ailleurs, il a fallu que j'insiste. Si c'est toi qui viens le chercher, elle n'aura pas à poser de questions sur ce que je suis devenu... Elle saura et se démerdera avec ça, par rapport aux mômes...

— Et tu lui as dit quoi à Nadine ?

— Qu'on faisait de la plongée sous-marine en Corse.

— Et les enfants ?

— Ils ont juste quitté leur Nintendo pour me faire la bise. Tout va bien.

— OK, souffla Benno. T'as bien fait. Au fait... Lucky a bien un bar rock à Morcenx.

— Je sais.

Ils se regardèrent en souriant. Le binôme.

— Tiens, dit Benno, en ouvrant son petit sac à dos. Je t'ai rapporté un souvenir. Il lui sortit un *Ouest-France*, version Loudéac-Rostrenen.

— C'est marrant, j'y ai pensé moi aussi. Mais j'ai oublié, après. T'es plus accro que moi, en fait.

Adrien déplia le journal. Dans leur coin, il ne se passait pas grand-chose, un concours de clarinette et de danse fisel, un feu de machine à laver et la réunion des classes 9. Sauf à Saint-Nicolas-du-Pelem, où il y avait eu un hold-up un peu sanglant. Un mort, un peu plus d'un million de francs, et trois gangsters en fuite.

*

Ah, ça, je ne m'ennuie pas. Je ne comprends pas tout ce qui se passe à l'intérieur de la maison. Enfin... ce qui se passe, plutôt ce qui se dit. Ils mangent, boivent, jouent aux cartes, écoutent la radio, ont mis un bout de temps à trouver l'eau, et puis l'électricité, et puis l'eau chaude. Chaque chose en son temps. Et ils parlent, ils parlent, ils parlent. À deux surtout, parce que le troisième, à l'étage, il ne cause pas beaucoup, il souffre, il veut que les autres l'amènent chez un médecin, mais c'est trop dangereux répondent les autres en pensant qu'il commence à les leur gonfler sérieux et que c'est pas possible et qu'il va falloir aller trouver des calmants ou un truc comme ça. Dans la tête de celui qui geint, je vois des flammes et de la grande chaleur et des trucs aigus, pointus, réguliers, et puis il gueule quand on lui amène à bouffer, il a uniquement soif, je vois qu'il pense à sa gorge comme du feutre sec.

— OK, on t'amène à picoler, mais si tu ne manges pas, tu vas perdre des forces...

— Combien de temps on va rester dans ce trou ?

— On est bien, là, c'est tranquille.

— Ouais, et mon cul c'est du tarama. Ils vont se pointer et on va être faits comme des rats.

— Non, non, ils nous ont vus du côté de Brest.

— Et le pognon, il est là ?

— Ouais ouais, t'inquiète.

— Amène-moi ma part. Je la veux là, à côté de moi. Mes quarante briques.

— OK, je te les amène.

Et quand l'autre mec descend, j'entends dans sa tête combien ça ferait si le mec du haut clabotait, parce que ça l'étonnerait qu'avant une dizaine de jours ils puissent sortir de cette planque, il y avait des barrages partout et un million deux ne disparaît pas comme ça sans que la maréchaussée écume tout le territoire.

Ah ça, non, je ne m'ennuie pas. Ces mecs, ils sont prêts à faire n'importe quoi. Il y en a même un qui s'est approché de moi, hier matin, et qui me regardait, qui pensait à de la viande, bof deux ou trois rumsteaks, il se disait, et le reste pour les corbeaux...

*

Pendant trois jours, ils étudièrent le coup. Ils mangèrent beaucoup, les plats locaux étaient sublimes, surtout le poisson, et par-dessus tout l'espadon grillé avec un filet d'huile d'olive et un peu de citron. Ils achetèrent des journaux français, assez datés, et les lirent de A à Z. Ils n'osaient pas s'avouer qu'ils cherchaient des traces des petites enquêtes qu'ils avaient menées, juste avant de venir. Dans un *Figaro*, Benno apprit que le type chauve du resto, celui qu'il avait marqué à la culotte pendant trois jours, en train de bouffer des spécialités corses, était un homme d'affaires syrien, et qu'il avait été descendu, à l'intérieur de sa voiture, par des tueurs à moto. De Tarass Boulba, il y avait une photo d'archives, il était souriant, il devait, à l'époque, penser à ses affaires, à la reconstruction de Beyrouth ou bien à son cargo farci d'armes se baladant du côté du golfe Persique. Benno ne dit rien, ne fit aucun commentaire, pensa que, peut-être, Adrien avait eu, avant lui, ce genre de révélation.

Mais ils ne se diraient rien. Protéger l'autre, casser les filières. Simplement, il a compris que la mort était entrée dans leur jeu, définitivement. Que, désormais, il n'aurait plus de vie normale, mangerait, boirait, déféquerait mais que ça serait bien tout ce qui le lierait avec la vie de la plupart des autres gens. Que sa vie serait d'attendre, d'obéir, d'exécuter. Au moins, à Larchmütz, avant, la vie c'était autre chose, elle n'était pas pourrie au bord de la route, elle était bien enfoncée dans un coin de verdure, avec des arbres, des légumes, et surtout, le soir, l'inappréciable sensation de ne pas savoir de quoi serait fait le lendemain.

Ça ne sentait pas très bon, et ils ne savaient pas pourquoi. Ils se demandaient pourquoi leur cible n'était pas vraiment méfiante. Le Vlatko sortait seul, au grand jour, saluant quelques Maltais qui semblaient non seulement le connaître mais l'accepter. C'était un grand type brun et costaud, souriant, on pouvait voir ses dents blanches à cent mètres. Quarante, quarante-cinq ans, un petit ventre dépassant du pantalon de toile écrue. Tous les matins, vers onze heures, il descendait les marches de la ville haute pour rejoindre le petit port et acheter du poisson frais. Benno et Adrien, à tour de rôle, en profitaient pour se reposer l'âme en observant les petites barques, avec leurs frises et leurs bandes colorées, leurs proues hautes et galbées, et le petit œil peint à même le bois. Pour conjurer le sort leur avait expliqué une Allemande, touriste solitaire et un peu dévoyée qu'Adrien avait draguée sur les quais. Il l'avait même amenée au restaurant de Partic et avait tout trouvé délicieux, les plats, le bon vin venant de

Sicile et la conversation. Helga et Adrien avait vite trouvé un terrain d'entente qui permettait de goûter plus efficacement les lampoukis. L'Histoire de l'Art. Elle en connaissait suffisamment pour en remontrer à son partenaire qui, pourtant, l'avait clouée, au départ, par un discours enflammé sur l'Agneau Mystique. Et puis Adrien avait abandonné Benno, le troisième soir, et changé, pour une nuit, d'hôtel.

L'autre en avait profité pour se balader la nuit à Victoria où la basilique était auréolée de mille petites ampoules dorées. Dès qu'il ne pensait pas au Serbe, Benno avait l'impression de se sentir en vacances, comme avant, très longtemps avant, avant le travail, avant le sommeil, quand les nuits d'été étaient remplies de bains à poil, de feux sur les plages, de vin rosé tiède et d'adolescentes pleurant très facilement. Mais les corps chauds et élastiques de toutes ces jeunes filles disparaissaient vite quand il repensait à Vlatko, quand il se demandait pourquoi ce type se sentait curieusement protégé, ou en sécurité.

Ils décidèrent d'y aller le cinquième jour, à la fermeture du resto, vers trois heures de l'après-midi. Depuis qu'ils l'observaient, c'était immuable, voire rituel. L'appel obligatoire de la sieste, et la réouverture vers sept heures du soir. Les deux cuistots se barraient vers leurs havres de paix et d'ombre et Vlatko Partic fermait lui-même la porte de bois peinte en vert anglais. Ils lui feraient son affaire à ce moment-là, il n'y avait presque plus personne dans la rue écrasée par le soleil de l'été naissant. Ils avaient une vingtaine de minutes pour, ensuite, attraper le bac qui les ramènerait à

Malte, dans le petit port de Cirkewwa. Ensuite, ils se sépareraient, l'un dans un hôtel de Hagar Qim, et l'autre dans une chambre d'hôte de Marsaxlokk. Ils avaient choisi ces villes pour leurs noms, ça faisait mauvais roman de science-fiction. Puisqu'ils avaient l'impression de vivre un mauvais roman d'espionnage.

*

Le type qui est couché dans la chambre du haut ne va pas bien. Il s'énerve, il gueule tout le temps, il peut à peine dormir. Dans son cerveau, la douleur crée de drôles d'images, des ciseaux chauds, des poids aussi lourds que des sacs de ciment, des pinces qui écrasent. Ses potes sont encore gentils avec lui, il y en a un qui est sorti et qui est revenu avec des médicaments, et beaucoup à boire. Alors le type du haut, il boit en prenant des cachets et il boit tellement qu'il sombre et qu'il se réveille peu après avec mal à la tête et donc moi aussi, et je suis obligée de me coucher et de me concentrer pour me mettre dans la tête des autres et quand c'est insupportable, je m'en vais, je passe dans l'autre champ, le plus loin possible, et ça va mieux. Les deux autres, en bas, parlent souvent de lui, ils sortent la nuit, ils regardent le ciel plein d'étoiles, ils l'aiment bien mais ils l'aiment moins que quand ils ont débarqué. Ils sont inquiets. Ils sont toujours durs et méchants. Comme des bouchers.

*

Vlatko Partic tira les montants de bois vers lui, sans se douter un seul instant que ce serait la dernière fois qu'il ferait ce geste anodin et rassurant. Il fermait définitivement la porte sur sa vie de tueur et de tortionnaire, pensa Benno, pour se donner du courage.

Les deux combattants de l'ombre quittèrent la leur, propice, celle d'un porche anciennement baroque, traversèrent la lueur immense de la rue et s'engouffrèrent dans le restaurant au moment où le deuxième montant allait se clore. Le visage de Vlatko Partic blanchit immédiatement en voyant les armes, les silencieux et ces deux hommes européens qu'il ne connaissait pas. Il comprit le danger, recula lentement, regarda autour de lui, la petite salle où tout était rangé vers le fond, vers le patio. Il n'avait rien à portée de main pour se défendre. Alors, il se mit à genoux.

— A moment, please, murmura-t-il en anglais.

Et puis, il mit les mains à plat sur le sol et se mit à psalmodier une prière où le mot Allah revenait sans cesse, en rythme, comme des sanglots répétés par désespoir. Benno et Adrien se dévisagèrent, estomaqués. Ils n'avaient pas besoin de se parler, ils se comprenaient. Un Serbe, tueur réputé de musulmans bosniaques, épurateur ethnique, au moment d'y passer, ne jouerait pas de la sourate. Il se signerait, un bon signe de croix chrétien, orthodoxe et occidental. Avec la main, Benno fit signe qu'il y avait une entourloupe, que ce n'était pas normal. Adrien haussa les épaules et s'avança vers le condamné à mort, pointant le bout du silencieux sur le haut du son crâne. Benno vit le doigt se cabrer sur la détente.

Et puis, le canon cogna un peu la tête.

— Eh, you, who are you ? murmura Adrien.

Benno souffla, et rigola presque d'entendre son pote parler le peu d'anglais qu'il connaissait.

Le type releva ses yeux fiévreux.

— My name is Vlatko Partic.

— You are muslim ?

— Yes. Allah Akbar.

— From a long time ?

— My father, my mother were muslim too...

— Were ? Why were ?

— They died in Bosnia.

— Where ?

— In Vukovar.

— Alors là on n'est pas dans la merde, conclut Adrien.

*

Je les entends.

— Bon. Va falloir bouger.

— Les bourres campent encore.

— Si on ne bouge pas, il va clamser. Il en peut plus. Des fois il délire. Avec ses quarante patates, il dit qu'il va se payer le meilleur hosto suisse.

— Faut comprendre, il en chie.

— Qu'est-ce qu'on fait ?

— Si on se casse maintenant, ça peut craindre. Le zonzon, plus jamais.

— On lui coupe la jambe ?

— Arrête de déconner.

— On va chercher un médecin ?

— On en fait quoi après ?

— On le garde, on le relâche dès qu'on se barre, quand ça va mieux.

— Arrête.

— Putain, c'est pas vrai.

Des journées entières comme ça dans le champ. La même litanie. Toujours les mêmes paroles. Benno et Adrien, eux aussi avaient des conversations. Mais ils décidaient très vite ce qu'il fallait faire ou pas faire. Eux, ils ne savent pas. Ils sont aussi coincés que moi. Mais je me sens plus libre qu'eux.

*

L'avion pour Genève était annoncé. Le bonheur du schedule. Benno et Adrien se glissèrent dans la file d'attente, à des endroits différents, au milieu de touristes braillards et ravis de leur maltaise escapade. Mais eux n'étaient ni braillards, ni ravis, ni rassurés. Désormais le monde entier était contre eux. Désormais ils ne feraient plus jamais confiance à personne. Du Grand Soir, ils n'avaient que l'obscurité s'abattant inexorablement et la nuit gagnant peu à peu.

Sans trop paraître nerveux, ils épiaient tous les mouvements, regardaient de tous côtés, décortiquaient les gestes de la police maltaise et des employés de douane. Comme l'île était en zone franche, les formalités étaient plus coulantes. Le commerce pouvait facilement prendre le zinc. Si les gens ramenaient des trucs, c'est qu'ils les avaient achetés, donc c'était correct et bon. L'avantage des petits paradis.

Ils respirèrent quand ils se retrouvèrent dans l'avion, Benno deux rangées devant son compagnon. Ils avaient deux heures pour repenser à tout ce qui venait de se passer et deux heures à imaginer ce qu'ils décideraient de faire. Mais ils avaient, dans la bouche, ce goût un peu électrique des instants difficiles, ce goût qu'ils n'avaient pas senti depuis de très nombreuses années, quelque chose qui devait avoir affaire avec la défaite. Ou le danger. Le schwarz. Le noir zébré de possibles éclairs de mort.

Sous la menace de leurs armes, ils avaient fait asseoir Vlatko. Dans un sabir mêlé de mauvais anglais et d'un peu d'italien, ils avaient parlé. Plus une discussion qu'un interrogatoire. Benno avait même été chercher une bouteille de vin rouge au moins aussi râpeux que tout ce qu'ils découvraient.

Le Partic était un Serbe musulman, avant la guerre. Socialiste en plus. Croyant en la démocratie, le pauvre. Le genre du mec fédérateur. Toute sa famille avait été éradiquée par les milices grand-serbes. Il avait eu la vie sauve grâce à quelques contacts de mosquée. Avait fui vers Sarajevo, avait tenté de faire entendre sa voix. Mais, dans l'opacité de cette guerre incompréhensible, au milieu du sommeil total des consciences, il avait vite compris que là aussi, sa vie ne pesait pas lourd. Alors, il était reparti dans un convoi humanitaire, caché dans un conteneur, protégé par des amis italiens connus sur place.

Pourquoi faudrait-il vous croire, avait dit Adrien.

Tuez-moi, n'importe comment, puisque vous êtes là, avait répondu l'homme, effondré. Pourquoi, à votre avis, on nous a demandé de vous éliminer, avait continué Benno. Je ne sais plus, il avait dit, je mélange tout maintenant, peut-être parce que je sais, j'ai vu, comment les Casques Bleus, l'Europe, les Américains sur place ont tout fait pour que la Serbie reste forte, ne perde pas la face, parce que la Serbie c'est le fer de lance européen face au monde du Sud, parce qu'à force de ménager la chèvre et le chou, à force d'essayer de ménager le réel et la politique d'un côté, et l'humain et le raisonnable de l'autre, ils n'ont engendré que du malheur et du bordel, des frontières et des charniers.

L'avion décolla, et des Suisses crièrent bravo. Comme s'ils étaient étonnés que les pilotes d'Air Malta fussent aussi adroits que ceux de la Swissair. Benno se retourna pour regarder Adrien, content qu'il soit encore là.

Peut-être que c'était le vin. Qui adoucit mieux les mœurs que la musique. En tout cas, très vite, dès qu'ils avaient commencé à interroger Vlatko Partic, ils avaient su qu'ils ne le tueraient pas, et tout ça n'avait tenu qu'à une seconde, une seconde où un homme avait imploré un dieu qui n'était même pas le leur. Et puis, bizarrement, ils l'avaient cru, le Serbe. Ils étaient presque obligés de le croire puisqu'ils ne le tuaient pas. Alors ils avaient fait très vite, pris des décisions importantes. Ils avaient donné un peu d'argent au type, lui avaient conseillé de vendre son bouclar dans la semaine et de se démerder pour mettre le plus de champ possible entre les instances et lui, genre une île dans le Pacifique.

— And you, who are you ? avait alors demandé Vlatko.

— We don't know now, avait répondu Adrien.

Après, course poursuite jusqu'à l'aéroport de Luqa. Vastes discussions avec les compagnies aériennes, surf sur les listes d'attente et, enfin, deux biftons pour Genève. Un symbole. Le retour en passant dans la pire ville, à leurs yeux. Cynic-City.

Le voisin de Benno se leva pour aller aux toilettes. Le stress donne envie de pisser, c'est bien connu. Adrien en profita pour rejoindre son compagnon.

— Bon, cracha-t-il tout de suite. On ne se connaît plus. Chacun de son côté. Dis une lettre.

— K.

— Déconne pas, merde.

— Bon. A.

— Parfait. On se retrouve à Agen, dans cinq jours, c'est-à-dire jeudi, à la gare, à partir de 15 heures. Disons de 15 à 17.

— OK.

— Make your mind. Take care.

Adrien y prenait goût, à l'anglais. Le mauvais roman continuait.

*

Benno zonait, du mou de veau dans la tête. Il retournait tout, dans tous les sens. S'ils s'étaient gourrés et si Vlatko Partic avait tenu le meilleur rôle depuis la première de Hamlet, ils avaient fait une grosse connerie mais ce n'était pas trop grave. Ils se feraient engueuler et on leur demanderait, ad perpetuum, d'exécuter des merdes, suivre des autobus ou farfouiller dans des archives en se faisant passer pour des historiens de France-Culture. À perpète parce qu'on ne pouvait pas les jeter, ils en savaient déjà pas mal. Voire trop. Soit le fuyard serbe avait dit vrai et, là, ça craignait. Pour leurs poires. Et ça voulait dire aussi que la fameuse orga était suffisamment politique, real-politique, que la théorie révolutionnaire n'avait rien à voir là-dedans, que Pasteur avait raison et qu'eux, les deux couillons, avaient chaud aux miches. Les autres ne laisseraient pas longtemps dans la nature de telles bombes à retardement. Dans les journaux, on parlait encore un peu de Mornac-Collignon, il était toujours en taule chez les Belges et les relations franco-moules-frites étaient assez mal en point. Plus rien sur l'explosion dans le Perche. Plus rien sur le Syrien assassiné. La lie des jours. La saison des transferts, dans les équipes de foot, prenait de plus en plus de place.

Benno n'était pas resté longtemps en Suisse. Il avait filé directement de Cornavin à la gare et pris le premier train pour la France, Lyon, et ensuite une espèce d'omnibus pour Avignon. Il n'avait pratiquement arrêté de courir que pour acheter du chocolat et des Sugus, ces petits bonbons pastel de son enfance. Qui n'avaient plus du tout le même goût qu'autrefois.

Il avait encore en gros huit mille balles. Il pouvait tenir. Après on verrait. On verrait quoi ? Mystère. Dès qu'il pensait à l'avenir, c'était le sombre, le mur. Le seul truc qui revenait, c'était le nom de Lucky. Par lui, on pourrait en savoir un peu plus. Mais bon. Les autres savaient déjà que par lui on pourrait peut-être en savoir plus. Marcel, aussi... À tous les coups, le pavillon de Vitry était désormais vide. Luc, impossible. Annie... Retrouver un ventre blanc et plat avec une tache de vin. Tu parles d'une enquête. Autant chercher un spécialiste de l'herméneutique hégelienne dans l'équipe de France de foot.

Il quitta prestement Avignon, braillarde et obscurcie par les préparatifs du Festival. Il faisait chaud, trop chaud. Il n'y avait pas la mer comme à Gozo. Alors il fonça sur Nîmes, le Grau du Roi et la Grande Motte, où les touristes mimilaires entamaient leur invasion annuelle, accueillis, à pastis et parasols ouverts, par les locaux aux dents longues. Alors, au petit bonheur, il partit vers l'Ouest, se reposa un jour à Frontignan, sur une petite place ombragée où la limonade était bien glacée et où le vin gris de l'étang de Thau accompagna bravement des fruits de mer grillés à l'ail.

Et, dans sa tête, du vide. Il était là, au chaud, et tout autour de lui, il n'y avait qu'un monde sombre et figé, comme un petit matin brumeux près d'un pont de ferraille franchissant une rivière frontalière de l'Est.

S'il y avait eu Adrien devant lui, il lui aurait dit quelque chose comme ça, tu sais, on n'a, humainement, qu'un truc à faire, continuer à être purs, donc obtenir une explication, pourquoi on nous a menti, pourquoi on ne nous dit pas la vérité, seule la vérité, merde, est révolutionnaire, on ne peut rien construire si on démarre par des embrouilles et des mensonges.

Nous sommes partie prenante de ce qui peut arriver au monde, il faut tout nous dire, nous ne sommes pas que des jouets dangereux...

Il faudrait qu'il apprenne ça par cœur, pour le lui dire, à Adrien, mais il savait déjà qu'il lui répondrait en gros la même chose, alors il se laissa aller au vin gris, aux feuilles bruissantes des platanes et aux sourires graves des brunettes du coin.

Et puis il partit de la ville à pied. Avec son sac, son petit sac. Tout ce qui lui restait. Il avait encore du temps devant lui avant de rejoindre Agen et d'entamer une nouvelle étape, celle-là totalement mystérieuse ou absurde. Alors, jusqu'au dernier moment, il avait décidé de ne compter que sur lui, sur ses jambes, ses pieds. Il marcherait, donc, et, quand il n'en pourrait plus, quand ses mollets de pré-retraité en goguette lui feraient aussi mal que sa mauvaise conscience, il reprendrait le train.

Longtemps après, presque une demi-journée, avec quand même un trajet en autocar, vers Agde, passant le long d'une plage, il vit des nudistes. Alors il s'installa sur le sable chaud, se dénuda, alla laver son corps dans l'eau claire et encore froide d'une mer presque violette. D'être à poil, tout à coup, le détendit, il n'était plus repérable, il n'était qu'un corps avec une tête et plein de membres et il se dit que c'était dommage qu'Annie ne soit pas là, il aurait repéré la tache plus vite. Et puis il pensa à ses seins, et puis il chassa de sa tête ce genre de considérations.

Le soir tombait quand il repartit vers l'Ouest, Kerouac du pauvre, du très pauvre. N'étant pas vraiment panthéiste à ce moment-là, et n'ayant qu'une confiance relative en toutes les créations du Saigneur Universel. Il acheta des sandwiches à la saucisse et but plusieurs bières dans une petite cabane plantée au bord d'une de ces nationales poussiéreuses qui foncent vers l'Espagne. Une jeune femme rousse tenait le stand, et, comme il avait entamé la conversation, elle avait commencé par dire qu'elle ne supportait plus de sentir le graillon et qu'elle aimerait bien plonger dans l'eau cristalline du lagon tout proche. En cinq minutes de considérations aussi rigolotes qu'inutiles, il se sentit tellement proche d'elle, question avenir bouché, no future, punk tardif, qu'il lui demanda de fermer sa boutique, lui promit qu'il l'accompagnerait sur la plage, qu'il veillerait sur elle, que, si elle ne savait pas nager, si elle avait peur, il lui tiendrait le menton.

Il passa une jolie nuit avec elle. Récupéra là aussi bien des réflexes perdus que des souvenirs flous, et, pour la première fois depuis longtemps, se mit spontanément à rire. Quand ils firent l'amour sur le sable un peu glacé, il n'y avait pas d'autres moyens pour se réchauffer que de se serrer fort, il refit tout un parcours d'adolescent et s'imagina que c'était la première fois. Sa fausse maladresse et ses commentaires distanciés plurent beaucoup à la jeune fille. Qui avait une peau formidable. Après, il revinrent vers la route, dormirent un peu dans la cabane à frites, au matin recollèrent leurs carcasses, cette fois un peu plus dialectiquement, et puis, quand il repartit, elle l'embrassa avec beaucoup de poésie en lui disant qu'il avait été, pour elle, comme un film américain.

Il pensa alors à Spitteri et ses couilles peintes en bleu et ne rigola qu'un kilomètre plus loin. À contrecœur.

*

À 16 h 15, Adrien débarqua du train venant de Bordeaux. Il repéra Benno assis sur un des bancs de la salle d'attente.

— Bonjour, mon amour, dit Benno.

Adrien haussa les épaules, prit son pote par la manche et le traîna dans le café, de l'autre côté de la place. C'est uniquement quand le demi de bière atterrit sur la table qu'Adrien en but la moitié et regarda fixement son copain.

— C'est la merde.

— Tu crois ?

— Qu'est-ce que t'as foutu, toi ?

— J'ai vécu.

— Ben, pas moi, moi, je meurs à petit feu.

Benno détailla les traits fatigués de son collègue. Il savait qu'il n'avait pas dû arrêter, qu'il avait cherché partout, tenté de remonter. Adrien, c'était un vrai clébard. Un os à ronger et c'était du boulot pour des jours et des jours.

— Moi, je me suis baladé, avoua Benno, j'ai zoné, c'est un peu partout le même bordel. Et puis je savais que toi, de ton côté, tu fonçais tête baissée. Alors, vas-y, envoie la purée...

— Bon. Schwarz, à Guingamp, disparu, parti. Marcel n'est plus dans le pavillon. Pasteur, ou si tu préfères

Maurice Boudoret, j'ai été lui asticoter la boudine. Même avec deux doigts dans la porte, il ne savait rien. Rompu les ponts. Il m'a simplement donné l'adresse du café où, avant, il était contacté par Luc, tous les mardis soir à 18 heures. Le café a été rasé il y a dix ans. Au même endroit il y a une ANPE. Signe des temps. Tu parles d'un symbole. J'ai contacté une journaliste du *Monde*, une de ceux qui avaient couvert la guerre en Bosnie, elle a même participé à un film sur Vukovar. Je me suis fait passer pour un historien. Vlatko Partic, inconnu au bataillon des bourreaux. Elle a fouillé dans ses dossiers pendant trois plombes. Le nom de Partic, elle l'a repéré trois fois et dans des documents tendant à prouver que ce qu'il nous a dit est vrai. Elle m'a donné l'adresse d'un observateur judiciaire du TPI, à La Haye. Quand je lui ai vaguement décrit Annie, elle n'a rien pu me dire. Inconnue au bataillon des hypocrites. Donc, zéro. On s'est fait baiser large et profond. Et je comprends pas pourquoi, le reste, ça allait, mais cette saloperie...

— On l'aurait bousillé, le Serbe, ils nous auraient éliminés juste après.

— Ou donnés, livrés... À mon avis à Nantes, au rencard, il y aura le GIGN.

— T'es con ou quoi, on n'ira pas vérifier.

— Non.

— Moi, j'ai une nouvelle, rigola Benno. Je ne sais pas si c'est une bonne mais bon, dans le brouillard...

— Dis toujours, ça peut pas être pire.

— Y a un concert de Little Bob à Mont-de-Marsan, demain soir.

— Qu'est-ce que tu veux que ça me foute ?

— Little Bob, c'est la dignité du rock depuis plus de vingt ans. Et Mont-de-Marsan, c'est à peine à quarante bornes de Morcenx.

— Ouais, d'accord, OK. Compris.

— Fais pas ta dédaigneuse, c'est tout ce qu'il nous reste.

*

Ils se sont drôlement agités. Ont ressorti leur voiture, il y avait de la paille partout. Le plus nerveux d'entre eux s'est barré pendant toute une journée, puis est revenu dans une autre bagnole, de nuit, toujours. Il y avait désormais un autre homme, mais il n'est pas resté longtemps. Il pensait comme le vétérinaire qui vient ici quelquefois. Il a des idées blanches et précises et, dans sa tête, il n'y a que des objets, des seringues, des gants, des médicaments. Il s'est occupé du type en haut, qu'il regardait comme un veau mort-né, il lui a fait des piqûres, a conseillé d'aller à l'hôpital le plus vite possible, les autres ont dit, bien sûr, on ira demain. Demain, le plus vite possible a dit le véto, la gangrène n'est pas loin.

— Comme ça, il peut tenir combien encore ?

— Il va moins souffrir. Je lui ai donné des vraies doses de cheval. Mais dans moins d'une semaine, ça peut craindre...

— D'accord.

— C'est Benno et Adrien qui vous ont loué la baraque ?

— Ouais, c'est ça.

Dans la tête de celui qui a répondu, j'ai vu de drôles d'images, non, pas drôles, les images. Les mêmes que celles qui traversaient la tête du malade, à l'étage.

— Vous avez trois enfants.

— C'est exact.

— Alors, vous fermez votre gueule. Motus complet. Vous comprenez ? Vos enfants...

— Oui, je comprends.

Dans son crâne, il y avait comme des lézards pas frais, gluants, un peu terrifiants.

*

Lucky était là. Ce n'était pas une surprise. Accroché au bar, attendant le concert du Havrais Indestructible. Devant un formidable de bière. Ils n'entrèrent pas et, comme au bon vieux temps de l'école, l'attendirent à la sortie. Benno était relativement furieux d'avoir, à quelques mètres de lui, Robert Piazza en personne sans pouvoir aller le voir chanter ses Lost Territories. Mais même à travers les murs épais du Landes of Freedom, la pureté rock du maître arriva jusqu'à lui et c'est assis mollement dans la Clio de location qu'il se fit tout le concert et les trois reprises en rappel. Adrien, lui, zonait près de la sortie pour repérer les allées et venues. Vers une heure du matin, il revint en courant.

— C'est parti. Là-bas. La Prairie custom.

— Putain, une Prairie, ça fait bien quarante ans que j'en ai pas vu.

— Eh bien, tu la perds pas des yeux, t'as intérêt.

— Pas de panique, si ça monte à 80, ce tracteur, ça explose.

Peu avant Morcenx, la Prairie prit une départementale, puis une vicinale, puis un chemin creux. La Clio dépassa la petite ferme, s'arrêta cent mètres plus loin. Un chien aboyait, un peu en arrière. Ils s'avancèrent dans le noir de la sapinière.

— Bougez pas, dit une voix.

Un cliquetis de fusil. La peau de Benno se hérissa, il voyait déjà la chevrotine lui emporter les tripes et tapisser tous les buissons alentour.

— Qu'est-ce que vous voulez ?

— Arrête, Lucky. C'est nous. Benno. Adrien.

— C'est vous qui me suiviez depuis Mont-de-Marsan ?

— Ouais.

Un silence. Lucky devait avoir une lampe-torche, mais il ne s'en servait pas. Et Benno et Adrien savaient que c'était pure précaution, il aurait donné ainsi sa position, dans l'encre noire de la nuit des Landes. Donc, il croyait que les deux types qui arrivaient chez lui étaient armés, ils ne s'invitaient pas pour l'apéro.

— Vous êtes armés ? continua la voix, droit devant.

— Non, dit Adrien, qui avait pourtant un poignard de chasse passé, dans son dos, à la ceinture.

— Benno ?

— J'ai rien. Mais j'ai la rage. J'ai envie de tout péter.

Lucky se marra. Une lumière les aveugla soudainement.

— Ah, vous avez l'air fin, tiens. Alors ? On revient d'Espagne ?

— C'était des conneries, on n'a jamais été en Espagne.

— Un bon point. Faut jamais mentir à Lucky. Surtout quand on vient le voir chez lui la nuit sans faire de bruit, parce que Lucky, il est armé jusqu'aux dents et que dans le riot-gun, il y a du gros, et qu'ici tout le monde chasse et personne ne s'étonnera de coups de feu à deux heures du mat.

— T'énerve pas.

— Je ne m'énerve pas. Alors continuez avec cette franchise de merde. Allez-y. J'ai pas beaucoup de patience. J'ai les nerfs en queue de singe.

— C'est le rock, dit Benno.

— C'est le rock et c'est deux enculés qui me suivent et qui ont des pensées derrière leurs putains de crânes. Alors ?

— Lucky, dit doucement Adrien, on croit que t'étais un des flics qui a fait tomber le groupe, avant.

— Ah d'accord.

— Attends...

Benno sentait dans la voix de son pote un léger tremblement qui signalait qu'Adrien jouait son va-tout et, qu'en jouant son va-tout, il avait espoir de quelque chose.

— Attends, Lucky, attends... C'est pas pour ça. Y a trop longtemps. On s'en fout, on a bien vécu pendant tout ce temps. Mais, là, dernièrement, on s'est fait baiser dans les grandes longueurs. Par des mecs d'avant, du temps d'avant. Alors...

— Alors quoi ?

— Alors, on veut vérifier un truc. Si t'étais une des taupes, qui était le deuxième ? On nous a toujours dit que c'était Michel.

Silence, derrière la lampe.

Le temps passe lentement dans ces cas-là.

Le faisceau ne bougeait absolument pas. Benno pensa un instant que Lucky avait coincé la torche dans une branche et passait dans le noir pour aller derrière eux et les tirer comme des lapins, dans la nuque. Ou alors Lucky ruminait, ruminait fort, fermement, puissamment. S'il pensait fort, c'est qu'ils étaient dans la bonne voie...Enfin, la bonne voie, la voie dangereuse aussi.

— Vos emmerdes, c'est quoi ?

— On nous a manipulés. Pour descendre un mec, une espèce de nazi. On s'est méfiés. C'était le contraire. On veut savoir pourquoi. Et dans quelle bande de chacals on a mis les pieds.

— Qui vous a manipulés ? Je connais ?

— Le mec qui, avant, s'appelait Luc.

— C'est lui, cracha Lucky.

— Lui quoi.

— Le flic, pauvres cons. Le deuxième flic.

Si Benno avait pu se foutre des baffes, il ne s'en serait pas privé. Et il en aurait également allongé une ou deux à Adrien et un grand coup de lattes dans les couilles avec.

— Ça ne vous a pas servi tout ce qui s'est passé y a vingt-cinq ans ? Hein ? Les deux loufoques ? Moi aussi je me suis fait baiser, mais j'ai raccroché, moi, et j'ai bien fait gaffe de ne pas lever un dixième de mon petit doigt. Et vous, vous retombez dans le panneau. Vous êtes des gros nuls. C'est un miracle que vous ayez encore vos genoux.

— Tu dis ça parce que t'es armé et pas nous, dit Benno.

— Mais j'ai toujours été plus armé que toi, espèce de con de terroriste à la noix. Je suis hors circuit. Je tiens pas à y revenir. Je me suis fait baiser moi aussi et vous n'avez pas à savoir comment. J'ai payé ma dette. Elle était lourde.

Silence encore.

— On fait quoi ? dit Adrien.

— Vous allez vous barrer. Je ne veux plus vous revoir. Vous êtes déjà totalement sortis de ma tête. La prochaine fois que je vous aperçois, je vous tire dessus et j'appelle les cognes. Quelque chose me dit que je peux passer pour un héros national. Mais je ne veux pas le savoir. C'est fini. Et pour vous aussi, c'est fini, connards, foutez-vous ça dans la calebasse. C'est fini.

Silence. Une chouette pas loin. Manquait plus que ça.

— Allez, demi-tour, barrez-vous. Pas de geste inconsidéré.

Adrien a fait un signe à Benno, ils se sont ensemble retournés et, suivis à distance respectable par la torche, ils ont regagné la Clio. Adrien a mis les phares, Lucky avait éteint sa lampe, ils ne l'avaient pas vu une seule fois. Ça aurait pu être le pape ou Clinton. Adrien a fait un demi-tour dans l'herbe haute. Dans les phares de la bagnole, le canon du fusil est apparu, Adrien a stoppé, a baissé sa vitre. L'extrémité du riot-gun s'est posée sur la portière.

— Je vais vous dire un truc, les deux clowns, mais ce que je vais vous dire, ça va être pareil qu'un coup de flingue en pleine poire.

— Vas-y, dit Benno, vas-y putain...

— Je ne sais pas ce que vous allez foutre, mais, si ça peut vous servir... Vous vous souvenez d'Annie, la petite blonde, avec ses grands airs ? Annie, à l'époque, j'aurais tout fait pour la baiser. Un soir, je l'ai suivie et j'ai su où elle habitait. Et son vrai nom, c'est Agnès. Et, accrochez-vous au pinceau. Agnès Marnes de Pelleport. Rien que ça. Ça vous la coupe, hein, les comiques !

— Marnes de Pelleport.

— Y a pas de contrepèterie, cherchez pas.

Le canon du fusil s'avança lentement à l'intérieur de la voiture jusqu'à toucher la joue d'Adrien.

— Alors attention. Qu'on ne remonte jamais jusqu'à Lucky. Parce que Lucky il fera un carton sur tout ce qui bouge. Parce que Lucky, par exemple, il connaît vos vrais noms. Compris ?

— Compris, dit Adrien.

— Allez. Cassez-vous. Et vive le rock and roll.

Adrien démarra.

La voiture fit deux ou trois kilomètres, baignée par le seuil bruit du moteur. Mais la tempête était dans les crânes, et, à l'intérieur, ça faisait du foin.

— D'abord flic. Et maintenant une donneuse. Bravo.

— Ça se trouve, il est en train de les contacter pour leur dire ce qu'il nous a dit.

— Je ne crois pas. Ou alors il aurait fermé sa gueule.

Un long virage calme, sur la droite. Un oiseau de nuit, lourd, tranquille, qui passe à ras la carrosserie.

— Bon alors ? dit finement Adrien.

— Alors quoi ? répondit Benno.

— D'accord, j'ai compris, c'est à moi de causer, si je comprends bien, merde, c'est toujours pareil...

— Toi, t'es intelligent.

— Et toi, t'es quoi ?

— Moi, je suis moi, c'est-à-dire pas grand-chose, maintenant.

— Ça, tu peux le dire. T'es une pauvre cloche, manipulée jusqu'à l'os. On te dit de faire où il faut faire et tu le fais. On t'a mis bien profond. T'es un vrai nul. Et moi pareil.

— Dire qu'on y a cru, dire que c'était pour demain la...

— Ta gueule alors là ta gueule.

Ils se turent encore longtemps. Ils étaient dans le noir, ils fonçaient dans la nuit, et maintenant ils savaient que, pas loin, il y avait un mur, un vrai rempart avec des pierres grandes comme des portes de prison, une putain de muraille sur laquelle ils allaient s'aplatir.

— Y a que deux trucs, dit Adrien.

— Ouais je sais. Partir, et fissa, ou foncer dans le tas et bousiller tout le monde.

— Tu vois que tu penses.

— Si on se casse, ils vont nous désigner, l'Amerlo, le patron, l'explosion. On va avoir toutes les polices du Capital aux trousses. Même en Patagonie, on dormira pas la nuit. Même si on ne se casse pas, d'ailleurs. Ils vont vouloir savoir pourquoi on a laissé partir le crypto-Serbe et on les aura quand même aux basques...

— T'as de ces expressions...

— On pourrait revenir à Larchmütz, comme ça, ils sauraient qu'on abandonne et qu'on fait comme avant et qu'on ferme notre gueule et qu'on s'endort à nouveau.

— Tu rigoles ou quoi ? Tu pourrais parler à ta Momone en regardant de tous côtés pour savoir s'ils ne se pointent pas ? Et ça, jusqu'à ce que tu crèves, la gueule ouverte, dans l'herbe ?

— Bon. Alors, faut y aller.

— Où ?

— Au casse-pipe. Au chamboule-tout. On a peut-être notre chance. Ils ne s'y attendent pas. Annie. Agnès de, pardon.

Adrien ne dit rien, ce qui était déjà exprimer énormément de choses. Il roulait très calmement, et les phares de la bagnole étaient comme eux, ils n'éclairaient que la vie immédiate, le futur, l'ailleurs, le restant du monde étaient plongés dans une obscurité angoissante.

— Putain, mais j'en ai marre, mais j'en ai marre... dit Adrien avant d'accélérer brutalement.

Les deux jours qui suivirent amenèrent leurs lots de surprises. À La Rochelle, où ils s'arrêtèrent, chacun dans un petit hôtel différent, ils avancèrent un peu dans leur kharma. Il leur fut très facile de localiser la famille de Pelleport. Le *Who's Who*. Tout y était. La filiation, Agnès, les diplômes, les écoles. Les associations d'anciens élèves firent le reste. La Fac de droit. Sciences-Politiques. Agnès et sa promo. Son engagement, trois ans avant, à Bruxelles, dans l'Administration Européenne, au Conseil Législatif Consultatif. Adresse du Conseil, ça, facile, un simple bottin électronique. Deux coups de téléphone et ils avaient l'heure et le programme de la prochaine session. Trois jours après. La dernière avant les vacances. Et puis ils surent aussi le nom du mari. Charles Martinage. Dans le minitel, il y avait un seul Charles Martinage. Rue Saint-Louis-en-l'Île. D'après le *Who's Who*, ils avaient deux enfants. En calculant d'après la date de parution, les gniards devaient avoir sept et neuf ans. Un garçon et une fille, Bertrand et Anaïs. On ne se méfie pas assez de ce genre de bottin. Une vraie mine. Un vrai manuel.

Et Annie qui leur avait normalement bourré le mou avec sa grande fille et son mari séparé.

Dans l'île Saint-Louis, il n'y a qu'une école primaire. À moins que les de Mégenoux ne les parquent déjà à l'École Alsacienne ou dans une boîte à curés.

— Voilà, maintenant, on est de vrais dégueulasses, dit Benno. On se comporte comme eux.

— C'est eux qui ont commencé.

— On va pas kidnapper les mômes quand même.

— Mentalement. Ça suffira peut-être.

En haut, il y en a un qui dort. Les autres lui font des piqûres. Son esprit est très embrumé, proche du zéro. Ce que je sais, c'est qu'il n'a plus mal parce que je n'ai pas mal moi non plus quand je le capte.

Les autres, en bas, ont fait le ménage, ça sent le départ. Ils n'en parlent pas, mais chacun se demande quand il va parler à l'autre et prendre la décision avec laquelle l'autre sera d'accord puisqu'il pense absolument la même chose. Comme si j'entendais toujours deux fois les mêmes discours, à peu de différences près. Ils évaluent le risque de laisser l'autre tordu du genou là-haut. Ils veulent partir avec le fric, mais quelque chose les retient encore. Ils l'aiment bien quand même, le type du haut, même s'ils disent que c'est à cause de lui, le souk, la merde, les ennuis. Quelque chose que je ne comprends pas bien les retient encore. Des trucs de mecs.

*

Ils étaient depuis l'avant-veille à Bruxelles. Avaient pris une chambre à Saint-Gilles, à peine en dehors du centre-ville. Avant, à Paris, ils avaient passé quelques heures à vérifier toutes les informations qu'ils avaient réussi à trouver. Acheter un livre neuf. Se déguiser en coursier. Livrer chez Martinage. Donner le paquet à la bonne ou la baby-sitter. Entendre les mômes derrière, se battant pour la possession du programme télé. Et puis supputer qu'ils attendaient donc la fin des sessions de leur maman pour partir en vacances avec elle.

Pour l'instant, ils avaient de la chance. Tout ce qu'ils cherchaient leur tombait rôti dans les mains. Ça faisait une moyenne avec leur histoire récente. Et surtout, ils savaient ce qu'ils faisaient parce que c'était eux qui le décidaient.

La dernière tranche de travaux juridiques internationaux se tenait au Palais de Justice qui prêtait des locaux, pour l'occasion, à l'Administration Européenne. Ils n'entrèrent pas dans le Palais, cette immense gâterie début de siècle trônant au-dessus de la bourgade du Manneken-Pis. Ils craignaient que leurs faux noms ne soient signalés. Il ne fallait plus faire d'erreur. Ils sentaient que la moindre faille leur serait furieusement dommageable. Ils se partagèrent les deux entrées principales et comptèrent sur la chance. Ils en avaient six. Trois sessions, trois arrivées et trois départs pour tenter de repérer une femme blonde et diaphane, aux yeux de mer du Nord, et qui, sous sa chemise, cachait une espèce de cafetière plutôt violette. Ils étaient armés de bières et de sandwiches. Ils faisaient les cents pas pour ne jamais se faire repérer. Ils changèrent de vêtements.

C'est à la sortie de la seconde session qu'ils la repérèrent. Ils devenaient assez inquiets et se persuadaient peu à peu qu'elle devait se barrer directement par un parking souterrain, dans sa voiture ou celle d'un collègue tout aussi européen qu'elle. Ils se mettaient à soupçonner qu'elle avait fait l'école buissonnière, qu'elle s'était fait porter pâle, et qu'en ce moment, elle était en Espagne, sur une plage chic, regardant, dans son maillot une-pièce, ses enfants accrochés à leur premier optimiste.

Dans l'immensité architecturale qui l'enrobait, Annie leur parut plus petite, plus fragile encore. Elle se dirigea vers l'entrée du métro. Ils la rattrapèrent, marchant vite mais calmement, et l'encadrèrent brusquement au bas d'un escalator.

— Bonsoir madame Martinage, cracha Adrien.

Elle s'arrêta, blanchit un peu, puis se reprit, serrant fort son cartable de fonctionnaire international.

— On ne prend pas le métro, on marche un peu, j'ai un rasoir dans ma poche, on n'a plus rien à perdre, dit Benno.

Elle le regarda furtivement, mais ne dit rien, elle ralentit tout juste un peu, Benno imagina qu'elle avait les jambes sans doute plus molles et les pieds qui tremblaient. Lui, bizarrement, ne sentait rien. Il était même content. Il se sentait fort et intelligent, pour la première fois depuis plus de vingt ans, il avait réussi à remonter.

— On va marcher calmement, on ne va pas très loin, on traverse la ceinture, on va à Saint-Gilles, dit Adrien. Ne faites rien, ne tentez rien, pas de scandale. Un de nos potes est dans un café de la rue Saint-Louis-en-l'Île. C'est quelqu'un d'un peu fou, qui n'a rien contre Bertrand et Anaïs. Mais justement. Il n'éprouve rien, et surtout pas de pitié.

Elle se raidit. Même Benno trouva que son pote avait été d'un explicite terrifiant. Elle marcha à la même vitesse. En traversant le boulevard de ceinture, elle se mit à pleurer silencieusement, comme si c'était la pollution qui rougissait ses yeux. Elle devenait tout simplement allergique à la vie. Benno aurait eu envie de la prendre dans ses bras et de lui dire, pauvre conne, tu risques rien, dis-nous tout, tes gosses, on ne sait même pas s'ils sont blonds comme toi, ou s'ils ont des grosses fesses comme peut-être ton connard de mari, celui qui caresse depuis dix ans ton adorable tache de vin. Mais il resta dans ses pensées, sa vie en dépendait. Et il savait qu'Annie, elle aussi, pensait, pensait furieusement, échafaudait, mais avec beaucoup de difficulté, le visage de ses enfants devant se superposer à tout instant devant les arcanes compliqués d'une stratégie future.

Quand elle s'assit enfin dans le fauteuil du petit hôtel de Saint-Gilles, Adrien lui montra le téléphone.

— Un seul coup de bigo et le dingue, à Paris, change de quartier et revient dans le quinzième s'occuper de son magasin.

Elle regarda le combiné accroché au mur comme si c'était la Statue de la Liberté. Un bon signe. Benno lui prit sa serviette, l'ouvrit. Des dossiers, des polycopiés, des fax en pagaille. Un petit pistolet, genre 7.65. Comme dans les sacs à main des gonzesses des années cinquante, tous ces films noirs et roses. Il le mit dans sa poche. Puis fouilla dans les papiers, regardant vaguement les en-tête et les signatures, cherchant au petit bonheur. Mais tout ça avait l'air très officiel-chiant, technocrateux.

Adrien surveillait la jeune femme qui, elle, fixait toujours le petit téléphone accroché au mur près du lit.

Ce ne serait pas elle qui parlerait la première, et il cherchait toujours l'angle d'attaque. Pour l'instant, ils avaient une petite longueur d'avance, mais cette fille, dangereuse, organisée, devait avoir des pions à avancer, puisque le genre de situation où elle était avait dû, bien sûr, être envisagée par l'organisation.

— Déshabille-toi. En entier.

Benno fut surpris de ce que venait d'ordonner son pote qui n'était pas du genre à profiter des femmes ainsi, pour se rincer l'œil. Il préféra penser qu'Adrien voulait la déstabiliser encore plus.

— Vous voulez me baiser, c'est ça ? À deux ?

— Déshabille-toi.

— Je veux d'abord parler à mes enfants.

Super, se dit Benno. Ses nains. Elle y tient. Plus qu'à tout. Ne pense même qu'à ça. Super.

— Impossible. Tes enfants sont chez toi. Dans le joli appartement donnant sur la cour, avec le gros pot rempli de bambous juste à côté de la porte. Avec ce téléphone, tu ne peux parler qu'à un homme un peu étrange, tu sais, il a des anneaux, là, sur les tétons, il ne réfléchit pas beaucoup, il fonce, c'est tout, il mettra exactement vingt-sept secondes à aller chez toi. D'un seul coup de pied il ouvre la porte, il a l'habitude. Tout ça si, au téléphone, il entend une autre voix que la mienne. Annie, nous ne sommes pas dans un film à la con. Les tueurs ne discutent jamais avec leurs proies s'ils doivent les éliminer.

Adrien était super, shakespearien. Du grand théâtre de guignol. La révélation du deux approchait, un grand moment, on allait bien voir, la pierre de touche, le déclencheur.

— Cet homme, on a eu son contact par Vlatko Partic.

Bien joué Callaghan, Annie a perdu dix kilos de mental en une seconde. Ça se voyait, elle était devenue un peu grise. Celle-là, elle ne l'avait pas prévue. On allait pouvoir discuter.

Elle s'est levée, s'est déshabillée avec lenteur, ses bras, ses mains devaient lui faire mal. Benno regarda ailleurs, Adrien la fixa mais c'était absolument comme s'il observait le tableau du Caravage, à Malte. Puis quand elle eut terminé, quand sa blondeur a envahi le fauteuil, la chambre et Bruxelles tout entières, il a pris ses vêtements, les a roulés en boule et posés sur la table près de la fenêtre.

— Bon. On y va. Pourquoi nous avoir menti sur Partic ?

— Agent double, triple, même plus. Extrêmement dangereux. Sous le couvert de son pseudo-combat démocratique, il est capable de n'importe quoi. C'était plus rapide pour nous de vous le dépeindre comme un criminel de guerre, le reste aurait été trop long à vous préciser.

— Ouais, mais de combattants, de résistants, de partisans, on devenait des tueurs.

— J'avoue. C'est sans doute une erreur.

— Qu'est-ce qu'on serait devenu après, à Nantes, par exemple ?

— Une autre mission.

— Laquelle ?

— Je ne sais pas. Dans l'organigramme, je ne suis pas en haut.

— Luc est plus haut ?

— Oui.

— Il s'appelle comment ?

— Je ne sais pas.

— Tu mens.

— Je ne mens pas, j'aime mes enfants.

Adrien s'empara du téléphone.

— Arrête, cria-t-elle, j'aime mes enfants, je ne sais pas !

— Tu mens.

Benno s'interposa.

— Adrien... Euh... Je ne suis pas d'accord... Slavomir... C'est vraiment une saloperie... Ça me fait gerber, Adrien, y a peut-être un autre...

— Tais-toi.

Annie, transformée en ange baroque implorant, regardait Benno, tentant de lui donner des forces qu'elle avait encore.

— Adrien, je...

— Ta gueule, merde, ta gueule !

Benno s'éloigna près de la fenêtre et regarda dehors. Il serrait ses poings, comme dans une séance de théâtre de patronage.

Adrien pianota sur le combiné. De nombreux chiffres, le genre international.

— Luc, il s'appelle comment ?

— Alain Harvet.

Elle épela le nom, à toute vitesse.

— Il dirige une boîte d'informatique, dans le 3ème arrondissement. Sophia. C'est dans l'annuaire.

Adrien raccrocha.

— Il va sans dire que c'est exact. Tes enfants, sinon, ne seront jamais en sécurité. À l'école, en vacances, à la piscine, au Mac Do, au cinoche, en colo, partout. Et toi pareil, même si tu te fais nommer au Groenland...

Benno s'était retourné. Tout à coup, il percevait la nudité de la jeune femme, elle avait repris de la chair, elle était à nouveau très belle, l'espace où elle se trouvait se mettait à rayonner faiblement, il pensa un instant qu'il aurait pu être avec elle dans la même chambre d'hôtel et des images plus précises lui vinrent à l'esprit, mais il se força à penser à autre chose. Adrien, lui, continuait, ne mollissait pas, heureusement, il était plus fort, plus net, plus énervé.

— Il va sans dire que tu ne contactes pas Alain Harvet. Pour les mêmes raisons. Tu tenteras de le joindre dans une semaine, si tu veux. Tu verras bien à ce moment-là. On t'aime bien, Annie. Parce que t'es une femme et qu'on a été amoureux de toi, il y a longtemps, très longtemps.

— Et si c'est lui qui me contacte ?

— Tu ne sais rien. Tu ne nous as pas vus.

Benno mit les vêtements dans un emballage plastique.

— On va s'en aller. Dans deux heures, quelqu'un te ramènera tes fringues, ici. Tu ne dis rien. Tu payes la chambre. Tu nous oublies. Complètement. T'as de la chance, Agnès. Beaucoup de chance. Théoriquement, tu devrais être en train d'imbiber le drap.

*

— Pas mal, le coup de Slavomir, dit Adrien, sombre. Bravo. Au bon moment. T'as emporté le morcif. Le coup des draps, par contre...

— J'ai pas pu m'en empêcher.

— J'ai vu.

Le Thalys venait de passer la frontière. Revenir en France dans l'anonymat moderniste d'un TGV. Ils avaient encore du boulot. Il ne fallait pas mollir. Ça sentait mauvais. Annie ne fermerait pas sa gueule. Mais attendrait peut-être. En tout cas Paris serait comme un étal de boucher. Ils se promeneraient sur du bois imprégné de sang avec un hachoir au-dessus de la tête. Ils n'avaient plus beaucoup d'argent. Ils n'avaient pas beaucoup d'avenir. Un présent en forme de trou noir. Il ne leur restait qu'un passé. Ingérable. Indiscible. Souvent ridicule. Quelquefois précieux. Benno se sentait fatigué, comme vidé de substance, comme si tout ce qui venait de se passer avait perdu toute réalité.

— Bon alors, on va péter la gueule de Luc et après ?

— Faut se casser. Loin.

— Et avec quoi ?

— Quand j'ai été chercher le fric de la bagnole... Je t'ai menti. Je ne l'ai pas donné à Nadine. J'ai acheté immédiatement deux billets open. Aller simple. La Guyane, j'ai pris.

— La Guyane ? Le bagne ? Cayenne ? T'es fou ou quoi ?

— Non. La jungle partout. Pour se planquer. J'ai un cousin là-bas, il a un magasin de réparation de vélos. Je l'ai pas vu depuis vingt ans, mais c'est un mec bien. On verra.

— Putain... La Guyane... T'aurais pu me demander...

— Et t'aurais dit quoi, toi ?

— Je sais pas, murmura Benno. La Guyane, peut-être... Mais tu m'as menti, Adrien, avec le coup de Nadine. En plus, j'y ai cru. Pourquoi t'as raconté cette craque ?

— Protection. T'aurais fait pareil.

— C'est vrai.

— J'ai quand même pris deux billets.

— Un pour toi, un pour Nadine.

— Tu te barrerais, toi, en Guyane, avec Sophie ?

Ils décidèrent de rester le moins possible à Paris. D'aller vite, de ne pas traîner, de profiter de l'énergie vengeresse qui leur restait, infuse, dans les veines. Parce que la déception, le dépit les minaient et ils sentaient qu'une complexité incompréhensible les attendait à chaque coin de rue, quelque chose qui dépasserait obligatoirement leur mental ringard d'ex-gauchistes. Ils se sentaient désormais hors cadre, hors champ. Ils savaient déjà qu'ils ne feraient pas partie du mouvement réel. Ils avaient participé à un soubresaut auquel, maintenant, ils ne parvenaient plus à donner un sens. Il leur fallait donc savoir, en savoir un peu plus, pour connaître les jours futurs, pour pleurer leur bêtise et leur défaite jusqu'à leur dernier souffle ou pour se persuader qu'ils avaient quand même tenté quelque chose.

À Paris, ils foncèrent dans le premier cyber-café signalé dans une revue spécialisée, un rade en même temps cosy et futuriste installé sur une petite place oblitérée par des sophoras bien épais. Au bout de trois bières et de discussions sibyllines, ils rémunérèrent l'aide d'un netsurfer un peu désœuvré mais piqué au vif. Il fallait trouver la trace d'Harvet, ça devait exister quelque part et notamment sur les dossiers émanant de cercles indépendants de la politique, de réseaux plus ou moins radicaux. Le type, très concentré derrière ses lunettes cerclées, louchant presque à cause d'une mèche rebelle lui pendouillant du front, mit deux heures à trouver. Il prit de nombreuses notes, pendant que Benno et Adrien se colmataient l'estomac à coups de Leffe Radieuse.

— J'ai mal au dos, c'est atroce, dit-il d'abord en se massant le dos. Ça sera ça l'Internationale du Net, le lumbago. Alors... Alain Harvet. Membre créateur de TO-DAY, une sorte de club européen d'Initiatives Politiques. D'après à peu près tout le monde, franchement positionné à l'extrême-droite, pas vraiment Front National, plutôt d'inspiration fasciste, anti-capitaliste viscéral, anti-communiste aussi, bien sûr, on les appelle souvent les internazis, c'est une sale blague sur international socialiste... Mais assez légaliste, TO-DAY, plutôt agitateur de séminaires, de rencontres, de stages... Ils ont une revue, TDN, To-Day News ou un truc comme ça... S'est présenté aux dernières élections européennes, dixième sur une liste un peu informe groupant d'anciens gauchistes ayant viré de bord, des ultras, des verts déçus, des sectaires, des fachos mous, bref... le bordel, ces petites listes qui fleurissent toujours dans de pareilles occasions...

— D'accord, d'accord, d'accord chapeau, marmonna Adrien, qui, du regard, interrogea Benno. Celui-ci vit, dans l'œil sombre de son partenaire, l'obligation du donnant-donnant, la nécessité de balancer pour la bonne cause.

— Bon, soupira Adrien. Mornac-Collignon, c'est eux... Le Syrien, là, le marchand d'armes abattu à Paris, c'est eux. L'Amerlo repeint en bleu sur la Côte d'Azur, c'est eux, l'explosion de l'institut machin, je sais plus, c'est eux. On ne peut pas le prouver. Mettez ça dans un coin de votre Mac. Essayez de vérifier, mais ça tombera forcément un de ces jours, comme ça vous serez prêts. Vous arriverez bien à balancer ça sur un site un peu énervé...

— Et vous, vous êtes quoi dans cette histoire ?

— Des cons, des crétins, des nuls. On vous remercie.

— De rien. Tout ce que je vous ai dit est quasiment du domaine public.

— Ouais mais on était pressés.

— Pressés ?

— Ouais. Comme des citrons, cracha Benno. Comme les couilles d'Allende dans la main droite de Pinochet.

— Euh... La métaphore...

— Merci monsieur Internet et vive l'arobas et la révolution.

Dehors il pleuvait. Benno et Adrien foncèrent au troquet d'en face et se prirent deux bourbons bien tassés.

— Putain, le pire, dit Benno. On dort sagement pendant vingt ans, on se réveille, le doigt sur la couture du pantalon, on y va carrément, et tout ça au profit de nazis à la con. À se la mordre. Et ces enculés, eux ils n'ont pas dormi, ils ont tout simplement changé de camp, et nous on se fait baiser comme des bleus. Même pas comme des rouges.

— Non. Eux aussi, ils ont dormi. Mais ils ont fait un cauchemar.

— Et Annie, bordel, tu vois, toi, Annie, bosser pour des enfoirés de ce genre ?

— Tout est possible, envisageable, historique.

— Merde, tiens.

— Bon. Le Harvet, on se le fait. Sinon, on va pourrir sur pied rien qu'en se regardant.

— C'est déjà fait, j'ai l'impression de puer.

— Benno...

— Ouais.

— T'as confiance en moi ?

— T'es bien le seul.

— Allez, on y va. On s'en fout. Après nous le bordel.

— En avant, deux autres bourbons.

Sophia, la boutique d'informatique, occupait l'espace de trois ou quatre petits magasins, pas loin de la Place de la République. Peintes en bleu électrique, des vitrines pleines d'ordinateurs en promo, surtout des PC.

— Pour un anti-communiste... avait finement remarqué Benno.

Du monde à l'intérieur, lunetteux et boutonneux en diable. Les fanas de la souris, les accrochés du Modem, les allumés du @. Des vendeurs, genre on ne me la fait pas, et une caisse enregistreuse qui n'arrêtait pas, le genre de bouclar qui pouvait dire que la FNAC c'est cher. La couverture moderne. Et puis Internet, ça allait plus vite que le 2ème bureau, le MI-5, la CIA et le KGB réunis.

Pas de Luc à l'horizon.

Ils avaient mis des lunettes noires. Adrien avait, dans sa poche, le 7.65 d'Annie. Retour à l'envoyeur. Prêt à tirer dans le tas. Le métro tout proche. On s'en fout, plus rien à perdre, on cavale à mort, surtout ne pas réfléchir, chacun a son bifton dans la poche, rendez-vous à Cayenne.

— Monsieur Alain Harvet, s'il vous plaît ?

— C'est pour quoi ?

Le vendeur type, chien de garde mou, s'il savait, cet esclave...

— C'est personnel.

— Monsieur Harvet est en déplacement à l'extérieur.

— À l'extérieur... glissa Benno. Ça c'est bête... Vous êtes sûr ? Parce que, s'il est à l'extérieur, il peut s'asseoir sur cinq cent mille francs. On a juste une heure pour conclure. Vous ne pouvez pas le contacter ?

— Je peux essayer. Son portable.

— Vous êtes Messieurs ?

— Oui, oui. Ça se voit pas ?

— Non, ce n'est pas ça, je voulais dire...

— Dites rien surtout. Prévenez monsieur Harvet. On revient dans trois quarts d'heure, cinquante minutes...

Et ils repartirent en roulant des épaules, traversèrent la rue, se séparèrent et attendirent.

Trois minutes après, « Luc » sortait en courant de sa boutique, s'arrêtait sur le trottoir, inspectant les environs, paniqué mais pas trop. Il attendit deux minutes, scrutant la foule, puis, d'un bon pas, se dirigea vers l'entrée d'un parking souterrain. Adrien fit signe à Benno et ils se mirent à courir. Le rattrapèrent en bas des marches au moment où il entrait dans l'ascenseur et appuyait sur niveau -3. « Luc » les reconnut immédiatement. Mais ne dit rien, il y avait une jeune femme avec eux. Se mit un peu à suer. Normal, l'air était étouffant, saturé de gazole. La nana sortit au -2.

La porte se referma.

— On va à ta bagnole. Pas de geste inutile, dit Adrien, sombre à mort, même Benno fut impressionné, pendant qu'il tâtait les poches et les aisselles d'Harvet.

Niveau -3.

— C'est quoi, ta caisse ?

« Luc » s'avança vers une Audi verte, juste en face, sur les parkings privés.

— Tes clefs. Doucement.

Harvet leur fila le beeper.

Les phares de l'Audi clignotèrent dans l'ombre et les serrures automatiques claquèrent. Benno ouvrit le coffre, vide à part un imper et des papiers épars. Il vérifia les poches du vêtement.

— Grimpe. Vite.

— On va où ?

— Grimpe ou on te grimpe.

« Luc » regarda de chaque côté, espérant un témoin. Personne. Ses épaules s'abaissèrent. Il grimpa dans le coffre.

— À partir de maintenant, vous êtes morts, il dit simplement quand il vit le coffre se refermer sur lui.

— Nous on est morts mais c'est toi qui es dans le cercueil, répondit Benno.

Adrien se mit au volant, démarra la voiture, un joli ronflement huilé.

— Ça c'est de la tire, dit-il en enclenchant la première.

Sur la quatre-voies, ils s'arrêtèrent dans l'aire de repos, deux kilomètres avant la sortie vers Guimgamp. Ils s'étaient tus pendant pratiquement tout le voyage, six heures à surveiller la route, le compteur pour éviter une trop grande vitesse et la jauge d'essence maintenant presque à zéro. Ils avaient évité l'autoroute jusqu'à Rennes, pour épargner à leur prisonnier de jouer du tam-tam aux péages. Puis l'avaient repris en direction de Brest. Le bienfait des services gratuits. Ils savaient tous les deux qu'avant de se barrer sous les glauques tropiques, ils se devaient de rendre un dernier salut à Momone et Larchmütz, deux êtres qui, eux, ne les avaient jamais trahis, peut-être d'ailleurs les seuls, ils méritaient bien ce détour, et, après, direction Nantes, où un avion les attendait, un zinc sans doute rempli d'ingénieurs en pétrole, ou de chercheurs en aéronautique, en fusées, Kourou coucou et tout le bordel. Bientôt, ils répareraient des vélos, occupation suffisamment passéiste pour les satisfaire. Le monde moderne était trop à chier.

Il faisait nuit, l'aire de repos de Coat-Pin était vide et seules les chiottes publiques, un petit chalet aussi sinistre que possible, luisaient dans la pénombre. Ils se postèrent devant le coffre fermé de l'Audi.

— Tu sens l'air ?

— L'iode. Enfin. On aurait jamais dû partir...

— Tu te souviens de *White Heat* ?

— *L'Enfer est à lui* ? Avec l'autre, là, le dingue ?

— James Cagney.

— C'est ça, il y avait la même scène, dit Adrien en sortant le 7.65.

— D'accord, ça y est. Dur, hein.

— Ouais, insupportable. Le génie du mal.

— L'ordure totale. Quel acteur. Tu peux y aller.

Adrien vida le chargeur. Claquements secs. Une voiture passa en chuintant. Des petits trous constellèrent le coffre sur sa largeur.

— Le cinéma, c'est la vie, dit Benno.

Ils abandonnèrent la voiture dans une rue, près de la gare de Guingamp. Prirent le tortillard pour Carhaix. Louèrent des vélos. Dans leurs têtes, ils les volaient. Direction Kerguennic. Dix bornes. Ils diraient bonjour, ça va et au revoir à la seule période heureuse de leur vie, et puis descendraient le canal, sur le chemin de halage, jusqu'à Nantes. Très peu de gens le connaissent, ce foutu canal en partie creusé par des bagnards. Ça les emmerdait un peu de se servir d'une des créations tardives de Napoléon, mais le Corse fou était dans le même état que Luc. De l'autre côté. Du mauvais. Un paquet de bornes dans le vert intense, écluse après écluse, les ormes, les charmes, les frênes, une promenade silencieuse, seuls les cliquetis des pignons arrière, en trois jours, c'était plié, et, hop, un adieu à la France, salut, bye-bye, bon vent puant.

Quand, les mains sur le guidon, ils débouchèrent de la départementale 11, prenant le virage à ras les maïs, ils tombèrent sur les deux camionnettes de la gendarmerie, planquées sous la haie de chênes, à cinq cents mètres à peine de Larchmütz. Impossible d'éviter les tuniques bleues. La mauvaise surprise totale. Goldorak en personne. Le pouls de Benno et d'Adrien grimpa façon sprint final. Pensées rapides, en vrac, sur la ligne d'arrivée, la connerie impensable, c'est pas vrai un truc comme ça, l'erreur, l'erreur, l'erreur.

— Ah ben tiens, les v'là, sourit Goldorak, à voix assez basse.

— On est venus récupérer des papiers, balbutia Benno.

— Ah ben, vous tombez bien...

— Vous travaillez pour Interpol ?

— Arrêtez de déconner, pour une fois... Si vous croyez que ça m'amuse de faire le gland sous un chêne depuis ce matin. Impossible de vous joindre depuis une semaine.

— C'est quoi le problème ? dit Adrien, après un coup d'œil à Benno, du genre t'es prêt, on se barre en courant par le champ, on tente le coup, c'est trop con de se faire gauler aussi facilement.

— C'est Marcel qui nous a prévenus. Y a des types qui squattent chez vous. Le temps de vérifier auprès du notaire, le temps d'observer un peu, et on a maintenant la certitude que ce sont des drôles de clients. Vous avez loué votre baraque à des malfrats ?

— Allo ?

— On en a vu un avec un fusil, et pas un fusil de chasse.

— Non, on se baladait, on en profitait. On part en Nouvelle-Calédonie.

— À vélo, très fort.

— On file vers Brest, on est revenus prendre des papiers, des trucs comme ça, pour la retraite...

— Arrêtez de me regarder comme si je vous passais les menottes...

— C'est que... Les gendarmes, nous... Vous savez bien...

— Alors qu'est-ce que c'est que ces types là-haut ?

— Comment voulez-vous qu'on le sache ?

— Des copains à vous ?

— On n'a pas de copains.

— Bon, ben alors, on va y aller.

— Non, nous, on y va.

— Il n'en est pas question. Ils peuvent être dangereux. C'est notre boulot.

— C'est notre baraque. Propriété privée. Vous avez un mandat ?

— Ça fait des siècles qu'il n'y en a plus de mandats, me faites pas chier ou je vous embarque.

— Alors, je comprends plus, cracha Benno en haussant les épaules. Vous allez coffrer deux pauvres pékins qui arrivent chez eux en spade alors qu'il y a des terroristes irlandais ou tamouls qui zonent dans les parages, avec des yatagans entre les dents ! Bavure, là, bavure ! Promotion zéro, Goldo, promotion zéro, on va se retrouver à Nouméa, on mangera des bananes ensemble au milieu d'un carrefour.

— Y a pas de bananes à Nouméa.

— Laissez-nous une heure. On n'a rien à craindre. On va leur dire de se barrer gentiment.

— Et le fusil ? C'est pour les pies ?

Adrien se marra. Benno, qui le connaissait bien, sut immédiatement que ce petit rire était du genre forcé et théâtral. Mais fallait bien le connaître, Adrien se marrait vraiment. À première vue.

— C'est un ionisateur à flibule concentrée.

— ... ?

— Un truc que j'ai fabriqué à mon gosse, il avait vu Robocop, il en voulait un pareil. On dirait un vrai. Goldo, la bavure, la bavure... Ce sont des rigolos de passage, des routards, des SDF, je sais pas, moi, ils vont calter...

— Arrêtez de m'appeler Goldo. Je vous laisse une heure. Rendez-vous ici.

— À tout de suite.

Ils respirèrent dix secondes à peine. D'avoir évité la loi.

— Le coup du brumisateur à machintruc, alors là, chapeau.

— Ton speech sur la bavure, pas mal non plus.

— On devient bons.

Mais, là-haut, y avait des tueurs. Une autre paire de manches de pioche. Pas besoin d'avoir le don de prescience. L'orga. Ils étaient là bien avant qu'eux ne s'occupent d'Annie et de Luc. C'était programmé, tout ça. Ça voulait bien dire que. La preuve.

— S'ils sont là depuis une semaine, ça doit être des sous-fifres.

— Si ce sont des sous-fifres comme nous on est mal.

Ils s'arrêtèrent à la limite du champ de Marcel et se planquèrent dans le roncier. Sur le léger coteau d'en face, Larchmütz, les volets fermés, les couvertures de disques toujours collées sur la façade.

— La grange.

— Quoi la grange ?

— J'avais mis une pierre à droite. Elle n'y est plus. Ils ont dû y planquer une caisse. Ça pourra servir.

— Non, on repart à vélo.

— Si on repart.

— T'es pessimiste comme mec.

— Je suis pessimiste.

Adrien, tout à coup était devenu sombre. Il se serrait les avant-bras un peu convulsivement. Et puis, sans prévenir, des larmes se mirent à couler de ses yeux à demi fermés. Il tapa légèrement du pied pendant une bonne minute.

— Je craque, Benno, je craque, j'en peux plus... ajouta-t-il d'une voix cassée. J'y peux rien, c'est comme ça...

Benno était scié. Pensa pendant un court instant que l'homme fort de la bande n'était pas si costaud qu'il croyait. Mais pensa aussi que c'était lui l'imbécile, le crétin, le rêveur, lui qui ne voyait pas exactement le cours distinct des choses, et que là, maintenant, ça craignait, la situation était désespérée. Il se dit aussi que c'était lui l'adolescent et qu'Adrien, qui était l'adulte, comprenait mieux les choses. Et que c'est pour cela qu'il pleurait, comme un grand, alors que les enfants chialent sans lendemain. Et puis il se persuada que si son pote en était là, c'est qu'ils arrivaient à la croisée des chemins. Crossroads. Encore. Le blues. Celui d'une vie difficile et peut-être ratée. Alors, il se jeta à l'eau.

— Écoute, Adrien, mon ami, écoute. C'est bien la première fois que je vais te dire ça. Et la dernière. On n'a pas foutu en l'air notre pauvre vie. Loin, même. Ça fait trente ans qu'on espère. C'est déjà ça. Alors que le reste du monde se tait, est complice, s'enfonce, pourrit à petit feu. Il n'en a pas l'air, le monde, mais il le fait. Nous, on a bougé. Un peu. Misérablement, tu peux penser. Mais on n'a jamais hésité à le faire. On s'est quand même assez marré. Avant, il y a longtemps, c'était dur, sérieux, péremptoire. Aujourd'hui, c'est pareil, mais on s'est poilés, on a repeint un mec en bleu, on a fait sauter des merdes, on a expulsé un patron, on a évité une erreur judiciaire, si je peux dire, et alors, et alors, d'accord on s'est fait baiser, et alors on va aller leur péter la gueule, à ces enculés, parce que c'est eux ou nous, et à mort la mort.

Adrien, à travers ses yeux mouillés, regarda son confrère et sourit et c'était comme si du ciel bleu passait enfin dans le ciel de Bretagne.

— T'as bu ou quoi ?

— Non, mais je me taperais bien un mezcal. Avec le ver. Parce que le ver est dans le fruit.

— Bon.

— Bon.

— La crèche.

— Super. Je t'aime, Benno.

— Je t'aime aussi, Adrien.

— À partir de maintenant, on ne réfléchit plus.

Ils contournèrent le champ et allèrent dans la petite étable, la crèche à veaux, dont Marcel se servait, avant la retraite, quand les vaches étaient nombreuses, pleines, profondes, gonflées.

Et c'est là que Momone les entendit.

Alors là, c'est la surprise, ils sont revenus, les deux, je les sens bien, ils sont en même temps inquiets et en même temps fous, leurs pensées n'arrivent pas dans l'ordre, il y a du noir et beaucoup de rouge, et le sang qui bat leurs tempes résonne, moi aussi, dans ma grosse tête. Benno m'a vue, de loin, c'était bizarre de se regarder soi-même, et j'ai compris qu'il avait un peu peur et qu'il ne pouvait pas venir me voir tout de suite et il m'aimait beaucoup et il était content que j'aie l'air d'être en forme et qu'il aimerait bien être une vache et qu'il m'enviait, je ne sais pas trop ce qu'il avait, lui-même se sentait bizarre et il a dit, je me suis dit, ça doit être comme ça avant de se suicider et tout le temps qu'ils ont mis à contourner la prairie, ils se cachaient ah si j'avais pu lui dire de faire gaffe, que les mecs, dans la baraque, c'était des horreurs, et qu'ils étaient sur leurs gardes, qu'ils ne pensaient pas comme eux, qu'il n'y avaient rien de joli et d'heureux et de lumineux dans leurs têtes, il n'y avait que des idées de fric, de mort, de coups de flingue en pleine tête et tout ça, et Adrien, lui, ne pensait même pas à moi, il n'y avait que des images très floues, très blanches, pas tellement précises dans sa tête, des gens qui courent, des coups de couteau, des seins de femme, du sang, mais ce n'était pas si horrible que ça, il y avait tout un côté doux, il pensait tout le temps, c'est obligé ! c'est obligé ! et il se sentait fatigué.

J'ai remonté le champ, là où l'herbe est moins bonne, plus haute, près du talus, et je les ai vus entrer dans la crèche vide, le sol encore couvert de bouse séchée, ils ont déplacé le râtelier du fond, enlevé la vieille trayeuse grise de poussière, à l'aide d'une barre de fer ont dégommé le fond de la mangeoire, jeté l'ancienne paille pourrie, ôté les lattes de bois en se disant, vite ! doucement ! t'es marrant toi ! putain, ça fait combien de temps ? tu crois que ? dire que les veaux avaient ça sous la gueule, et Marcel, s'il avait su, et ils ont sorti la longue caisse, et les blocs de linge graisseux qui étaient dedans, ils ont déchiré la toile, dans leurs cerveaux, c'était en même temps, espoir, bonheur, peur, crainte, et ils ont sortis le fusil de guerre, mon vieux Mauser, mauserfucking, a dit Benno, les balles, les deux pistolets anglais et les chargeurs. Ils se sont mis à tout vérifier, faire claquer l'acier, les culasses, les détentes, et ils étaient rassurés, ils s'étaient fait baiser mais maintenant à qui le tour, ça allait être un massacre, rien qu'une balle de Mauser à vingt mètres t'emporte la moitié du corps, pensait Adrien qui insistait pour que ça soit lui qui ait le flingue et Benno, lui, a pensé à Sophie, comme ça, et j'ai senti son cœur se serrer et ils ont commencé à parler pour savoir ce qu'ils devaient faire, par où passer, comment avancer, peut-être foutre le feu à Larchmütz, attendre qu'ils sortent pour les tirer comme des lapins, le feu à Larchmütz jamais, a dit Adrien, autant me transformer en bonze, là j'ai pas compris, et puis je n'ai plus trop suivi ça devenait compliqué tous les mots je les avais pas dans mon thesaurus.

Je me suis couchée, tant mes pattes me faisaient mal. Parce que leurs jambes tremblaient. Je me suis mise à respirer vite et fort. Parce qu'ils avaient envie d'en finir. Je me suis sentie méchante. Parce qu'ils avaient envie de tuer. Alors, j'ai fermé les yeux et j'ai attendu que tout ça se termine, parce que je n'aimais pas ça.

Les pensées venant de l'intérieur de la ferme arrivaient à peine. Des pensées faibles. Toujours les mêmes. Ils étaient prêts à partir, ils avaient fait leur choix, ils abandonnaient l'autre, celui du dessus. Qui, lui, dormait à moitié, fiévreux et inquiet. Ils trouvaient que tout ça était assez injuste, mais que le pognon, ils l'avaient, ils voyaient des bagnoles neuves et des hôtels, et beaucoup de champagne.

Mais la tête de Benno et d'Adrien faisait beaucoup plus de bruit.

*

Adrien a indiqué, de la main, l'arrière de la maison. Il avait les deux flingues, un dans chaque main, et Benno, le Mauser sous le bras, courbé en deux comme s'il attaquait Fort Alamo, courut se planquer derrière le puits d'où il put constater que la petite porte de la grange était barricadée comme avant. Il signifia à son pote qu'ils ne sortiraient pas de ce côté-là. Adrien lui ordonna de rappliquer vers lui. Benno fila doucement sur l'herbe haute de la cour, sans bruit, comme un serpent.

— On entre. Ensemble.

— On discute même pas ?

— Tu veux dialoguer avec des salopes qui se planquent chez toi pour te descendre ?

— Pas vraiment.

— Alors on les aligne, toi à gauche, moi à droite. Après, tu passes dans la chambre, au fond, je m'occupe de la cuisine.

— OK. J'ai déjà vu ça dans les westerns.

— Avec Goldo, on plaidera la légitime défense. On lui dira qu'on a trouvé les armes sur place. Et qu'on les leur a piquées in extremis.

— Pour la Guyane, c'est râpé, si je comprends bien.

— Peut-être pas. Si on peut se barrer avant, on tente le coup.

— Adrien...

— On y va.

Ils coururent très vite, le plus vite possible pour des mecs de presque cinquante balais, et ils le sentirent tout à coup, leur âge, et, pendant le court trajet, ils se dirent que c'était pas possible, ce truc, que c'était pas croyable...

Benno shoota dans la porte qui s'ouvrit en claquant contre le mur.

Les deux types, devant eux, assis autour de la table, levèrent la tête. L'un, le plus grand, mis sa main à la poche. Adrien et Benno tirèrent en même temps. Plusieurs coups. L'explosion des détonations leur parut démesurée, comme si tout sautait. Oreilles bouchées.

Les deux mecs basculèrent en arrière. Déchiquetés. Une partie de la table, hachée. Plus loin, sur le carrelage d'ardoise, des centaines de taches rouges et brillantes.

Ils ne bougèrent pas tout de suite, fascinés par le spectacle, leur spectacle. Celui qu'ils avaient mis en scène en cinq secondes. Adrien s'est mis à trembler et est allé s'asseoir sur les marches de l'escalier montant au premier.

— Là, j'ai les jambes coupées, il a dit.

Ses mains s'agitaient dans tous les sens d'une façon irrépressible.

Benno a posé le Mauser sur la table et, doucement, a rejoint son pote, lui a pris les flingues des mains avant qu'il ne se mette à tirer sans s'en rendre compte.

En haut des marches, la porte s'est ouverte et un autre type a débouché, à plat ventre. Il a tiré et Benno a senti la balle entrer dans le dos d'Adrien. C'était comme si c'était lui qui avait été touché. Reculant sous ce choc qui ne le concernait pourtant pas, il a levé ses pistolets et tiré plusieurs coups. En haut, le type s'est aplati par terre, touché en pleine tête. Le bruit mou de l'os tout à coup enfoncé.

Adrien a glissé sur le sol. Benno s'est précipité sur lui, l'a retourné, ses yeux grands ouverts, la bouche un peu tordue, comme un sourire rentré.

— Adrien ? Ho !

Il n'a rien dit d'autre, il a su tout de suite.

La veine, le long du cou, ne battait plus.

Et l'œil un peu gélatineux.

Ce n'était pas que le monde s'écroulait, il n'y avait plus de monde. Tout ça n'existait plus. Autour de Benno, il n'y avait plus que quatre immenses murs en métal chaud. Il n'y avait plus de temps, son cœur battait, le sang affluait dans le cerveau à toute vitesse mais ne donnait aucune idée, c'était comme une inondation, un barrage avait crevé quelque part, et un immense raz de marée boueux lui tombait dessus.

Alors, très lentement, il s'est levé et c'était comme si la terre s'abaissait, comme si tout s'enfonçait dans le sol.

Il est sorti. Un soleil pauvre inondait la douce nature. Mais rien ne paraissait réel. Une toile peinte. Une peinture à la con. L'Agneau mystique de merde. Un Caravage vide.

Benno ne pensait plus à rien, ne pouvait plus mettre

d'ordre, pas encore, dans la décharge qu'il avait à l'intérieur.

Mais, tout à coup, il se vit de loin, comme s'il s'était dédoublé, comme s'il était dans le crâne d'un autre qui le regardait patiemment, cent mètres plus loin. Un autre qui avait un fort goût d'herbe remâchée dans la bouche.

Alors, il agita mécaniquement ses jambes en direction de sa vache.

Elle se leva quand il arriva près d'elle. L'étrange sensation durait toujours, il se voyait deux fois, il devenait fou.

— Momone, merde...

Et il s'évanouit.

*

Il est tombé. Panne totale dans sa tête. Je ne vois plus rien. L'autre non plus, là-bas, dans la maison, je ne le sens plus. Un grand silence, partout. Il n'y a que moi.

Non.

Les gendarmes arrivent. Je les sens, je les entends, ils ont peur, ils font très attention. Il ne faut pas qu'ils trouvent Benno. Je vais le cacher.

Dans le vert intense d'un pré breton, une vache, matricule 5632, chia intensément, en s'appliquant.

Une énorme bouse tomba sur la tête d'un homme et recouvrit le monde.

DU MÊME AUTEUR

Aux Éditions Gallimard

NOUS AVONS BRÛLÉ UNE SAINTE, Série Noire n° 1968

SUZANNE ET LES RINGARDS, Série Noire n° 2013

LA PÊCHE AUX ANGES, Série Noire n° 2042

L'HOMME A L'OREILLE CROQUÉE, Série Noire n° 2098, réédition Folio n° 2595 et Futuropolis, 1992

LA CLEF DES MENSONGES, Série Noire n° 2161

LE CINÉMA DE PAPA, Série Noire n° 2199

LA BELLE DE FONTENAY, Série Noire n° 2290

RN 86, Série Noire n° 2377

Chez d'autres éditeurs

CINQ NAZES, L'Atalante, 1990

54 x 13, L'Atalante, 1996

CENDRES CHAUDES, Éditions du Ricochet, 1998

LE BIENHEUREUX, en collaboration avec Benoît Ferreux, L'Atalante, 1998

À SEC, Baleine, 1998

SÉRIE NOIRE

Dernières parutions :

2325. — ÉTATS DE LAME . . . . *Pascale Fonteneau*
2326. — LA SIRÈNE ROUGE . . . . *Maurice G. Dantec*
2327. — DU SABLE DANS LA BOUCHE . . . . *Hervé Le Corre*
2328. — CHIEN-FROID . . . . *Laurent Fétis*
2329. — LA PROIE DE L'ARAIGNÉE . . . . *Robert Bloch*
2330. — SANGLANTES CONFIDENCES . . . . *John Gregory Dunne*
2331. — IL Y A DES JOURS COMME ÇA . . . . *Jack Ritchie*
2332. — L'ENFANT DE CŒUR . . . . *Olivier Thiébaut*
2333. — MANUEL DES PERDANTS . . . . *Juan Sasturain*
2334. — LE VENT DES FOUS . . . . *Franck Pavloff*
2335. — PAS DE KADDISH POUR SYLBERSTEIN . . . . *Konop*
2336. — TRUANDS AND CO . . . . *Donald Goines*
2337. — LE CHIEN QUI CHANTE . . . . *James McClure*
2338. — UNE VALSE AU TEXAS . . . . *Max Crawford*
2339. — LE JEU DU PETIT POUCET . . . . *Jacques Mondoloni*
2340. — CORVETTE DE NUIT . . . . *Marc Villard*
2341. — LES CHAPACANS . . . . *Michèle Courbou*
2342. — L'ANGE ET LE RÉSERVOIR DE LIQUIDE À FREINS . . . . *Alix de Saint-André*
2343. — QUITTER KAT . . . . *Karen Kijewski*
2344. — MEURTRES POUR DE VRAI . . . . *Marc Gerald*
2345. — TIR À VUE . . . . *Serge Quadruppani*
2346. — LES LARMES DU CHEF . . . . *Daniel Picouly*
2347. — RETOUR DE BÂTON . . . . *A. B. Guthrie*
2348. — DERNIÈRE STATION AVANT JÉRUSALEM . . . . *Alain Demouzon*
2349. — POINT MORT . . . . *José-Louis Bocquet*
2350. — LES GUERRIERS DE L'ENFER . . . . *Robert Stone*
2351. — MOURIR APRÈS LA GUERRE . . . . *Max Allan Collins*
2352. — LA GRANDE MAGOUILLE DE 1944 . . . . . . *Andrew Bergman*
2353. — LE PENSEUR DE VALLORBE . . . . *Eliane K. Arav*
2354. — LE PENDU D'HOLLYWOOD . . . . *Andrew Bergman*
2355. — ŒDIPE-ROI . . . .
2356. — TRÈS PRIVÉ . . . . *Alexandre Valletti*
2357. — COUP DE CHAUD . . . . *Philip Lee Williams*
2358. — LE PONT DE MOSCOU . . . . *Pierre Léon*
2359. — LA FOIRE AUX SERPENTS . . . . *Harry Crews*
2360. — PROTHÈSE . . . . *Andreu Martin*
2361. — LA DANSE DE L'OURS . . . . *James Crumley*
2362. — VENDEURS DE MORT . . . . *Donald Goines*

2363. — J'ÉPOUSERAI PLUTÔT LA MORT . . . . *Frédéric Castaing*
2364. — LA VIE DE MA MÈRE ! . . . . *Thierry Jonquet*
2365. — GANGRAINE . . . . *Elizabeth Stromme*
2366. — HAMMETT . . . . *Joe Gores*
2367. — PARCOURS FLÉCHÉ . . . . *Jean-Pierre Bastid*
2368. — CIRQUE À PICCADILLY . . . . *Don Winslow*
2369. — L'OMBRE ROUGE . . . . *Cesare Battisti*
2370. — TOTAL KHÉOPS . . . . *Jean-Claude Izzo*
2371. — LA FACE CACHÉE DE LA LUNE . . . . *Georgui Vaïner et Leonid Slovine*
2372. — HISTOIRE DE LA FEMME QUI AVAIT ÉPOUSÉ UN OURS BRUN . . . . *John Straley*
2373. — PÉRICLÈS LE NOIR . . . . *Peppe Ferrandino*
2374. — LES FILS PERDUS DE SYLVIE DERIJKE . . . . *Pascale Fonteneau*
2375. — INNOCENT X . . . . *Laurent Fétis*
2376. — JE M'APPELLE REVIENS . . . . *Alexandre Dumal*
2377. — RN 86 . . . . *Jean-Bernard Pouy*
2378. — LE MIROIR AUX ALLUMÉS . . . . *Jacques Humbert*
2379. — LES RACINES DU MAL . . . . *Maurice G. Dantec*
2380. — LE COCHON QUI FUME . . . . *James McClure*
2381. — LA PELOUZE . . . . *M. A. Pellerin*
2382. — UNE PETITE DOUCEUR MEURTRIÈRE . . . . . *Nadine Monfils*
2383. — LE PAYS DE DIEU . . . . *Ray Ring*
2384. — J'AI CONNU FERNANDO MOSQUITO . . . . . *Rique Queijão*
2385. — M'SIEUR . . . . *Alain Gagnol*
2386. — PIQUÉ SUR LA ROUGE . . . . *Gregorio Manzur*
2387. — COMME VOUS ET MOI . . . . *Seymour Shubin*
2388. — MARILYN LA DINGUE . . . . *Jerome Charyn*
2389. — ZYEUX-BLEUS . . . . *Jerome Charyn*
2390. — KERMESSE À MANHATTAN . . . . *Jerome Charyn*
2391. — 1275 ÂMES . . . . *Jim Thompson*
2392. — N'Y METTEZ PAS LE DOIGT . . . . *Christopher Wilkins*
2393. — LES TROTTOIRS DE BELGRANO . . . . *Pierre-Alain Mesplède*
2394. — COMMENT JE ME SUIS NOYÉ . . . . *Serge Quadruppani*
2395. — SURF CITY . . . . *Kem Nunn*
2396. — LE CHANTEUR DE GOSPEL . . . . *Harry Crews*
2397. — MÉMOIRE EN CAGE . . . . *Thierry Jonquet*
2398. — MA CHÈRE BÉA . . . . *Jean-Paul Nozière*
2399. — DAME QUI PIQUE . . . . *Craig Smith*
2400. — FREE . . . . *Todd Komarnicki*
2401. — NADINE MOUQUE . . . . *Hervé Prudon*
2402. — LE SANG DU DRAGON . . . . *Christian Gernigon*
2403. — LE VOLEUR QUI AIMAIT MONDRIAN . . . . *Lawrence Block*
2404. — DU SABLE DANS LES GODASSES . . . . . . *Juan Sasturain*
2405. — CITÉS DE LA PEUR . . . . *Collectif*

2406. — BÉNÉDICTION . . . . Robert Sims Reid
2407. — LA FENÊTRE OBSCURE . . . . James Durham
2408. — GROOTKA . . . . Jon A. Jackson
2409. — LE TRUC . . . . Mat Messager
2410. — LES MORTES . . . . Jorge Ibargüengoitia
2411. — LA REVANCHE DE LA COLLINE . . . . Hervé Prudon
2412. — LA NUIT DE ST.- PAULI . . . . Frank Göhre
2413. — AGENCE BLACK BAFOUSSA . . . . Achille F. Ngoye
2414. — KARMANN BLUES . . . . José-Louis Bocquet
2415. — LOUBARD ET PÉCUCHET . . . . Michel Lebrun
2416. — LE MIROIR DE BOUDDHA . . . . Don Winslow
2417. — LE TANGO DU MAL-AIMÉ . . . . Sergio Sinay
2418. — VINYLE RONDELLE NE FAIT PAS LE PRINTEMPS . . . . Hervé Prudon
2419. — L'EFFET TEQUILA . . . . Rolo Diez
2420. — TRAHISON FRATERNELLE . . . . James Colbert
2421. — LE MANGEUR D'ORCHIDÉES . . . . Marc Laidlaw
2422. — CHOURMO . . . . Jean-Claude Izzo
2423. — HOMICIDE À BON MARCHÉ . . . . Alain Wagneur
2424. — KATAPULT . . . . Karen Kijewski
2425. — LE FLIC À LA CHENILLE . . . . James McClure
2426. — ÇA VA ? ÇA VA. . . . . Frédéric Castaing
2427. — LA CAVALE DE KENYATTA . . . . Donald Goines
2428. — LOTERIE EN NOIR ET BLANC . . . . Max Allan Collins
2429. — LE PRODUIT D'ORIGINE . . . . A. B. Guthrie Jr.
2430. — BLOCUS SOLUS . . . . Bertrand Delcour
2431. — NOTRE-DAME DES NÈGRES . . . . Jean-Pierre Bastid
2432. — BUENA ONDA . . . . Cesare Battisti
2433. — DIVORCE, JACK ! . . . . Colin Bateman
2434. — LA BOURDE . . . . Marc Alfred Pellerin
2435. — TIURAÏ . . . . Patrick Pécherot
2436. — JÉSUS AUX ENFERS . . . . Andreu Martin
2437. — LA RELIGION DES RATÉS . . . . Nick Tosches
2438. — LE PROGRAMME E. D. D. I. . . . . Serge Preuss
2439. — LES EFFARÉS . . . . Hervé Le Corre
2440. — RÊVES PÈLERINS . . . . Ray Ring
2441. — PHALANGE ARMÉE . . . . Carlo Lucarelli
2442. — LES TREIZE MORTS D'ALBERT AYLER . . . . Collectif
2443. — VOUS PRENDREZ BIEN UNE BIÈRE ? . . . . . Joseph Bialot
2444. — LES LUMIÈRES DE FRIGO . . . . Alain Gagnol
2445. — AMIGO . . . . Lars Becker
2446. — NEVERMORE . . . . William Hjortsberg
2447. — SUEURS CHAUDES . . . . Sylvie Granotier
2448. — LES CURIEUX S'EN MORDENT LES DOIGTS. John Straley
2449. — LA CRÊTE DES FOUS . . . . Jamie Harrison

2450. — CET AMOUR QUI TUE . . . . *Ronald Levitsky*
2451. — PUZZLE . . . . *Laurent Fétis*
2452. — L'HOMME QUI ACHETA RIO . . . . *Aguinaldo Silva*
2453. — SIX KEY CUT . . . . *Max Crawford*
2454. — LE LIQUIDATEUR . . . . *Jon A. Jackson*
2455. — ZONE MORTUAIRE . . . . *Kelt & Ricardo Montserrat*
2456. — QUE D'OS ! . . . . *Jean-Patrick Manchette*
2457. — TARZAN MALADE . . . . *Hervé Prudon*
2458. — OTTO . . . . *Pascale Fonteneau*
2459. — UN PAYS DE RÊVE . . . . *Newton Thornburg*
2460. — LE CHIEN QUI VENDAIT DES CHAUSSURES . *George P. Pelecanos*
2461. — LE TUEUR DU CINQ DU MOIS . . . . *Max Genève*
2462. — POULET CASHER . . . . *Konop*
2463. — LE CHARLATAN . . . . *W. L. Gresham*
2464. — TCHAO PAPA . . . . *Juan Damonte*
2465. — NOTES DE SANG . . . . *François Joly*
2466. — ISAAC LE MYSTÉRIEUX . . . . *Jerome Charyn*
2467. — LA NUIT DU CHASSEUR . . . . *Davis Grubb*
2468. — LA BALLADE DES PENDUS . . . . *Steven Womack*
2469. — TUEZ UN SALAUD ! . . . . *Colonel Durruti*
2470. — BERLIN L'ENCHANTEUR . . . . *Colonel Durruti*
2471. — TREIZE RESTE RAIDE . . . . *René Merle*
2472. — LE VEILLEUR . . . . *James Preston Girard*
2473. — LE SALTIMBANQUE . . . . *Julien Sarfati*
2474. — LA CRYPTE . . . . *Roger Facon*
2475. — DIALOGUES DE MORTS . . . . *Philippe Isard*
2476. — LE CHENIL DES FLICS PERDUS . . . . *Philippe Isard*
2477. — CHAPEAU ! . . . . *Michèle Rozenfarb*
2478. — L'ANARCHISTE DE CHICAGO . . . . *Jürgen Alberts*
2479. — BROUILLARD SUR MANNHEIM . . . . *B. Schlink et W. Popp*
2480. — HARJUNPÄÄ ET LE FILS DU POLICIER . . . . *Matti Yrjänä Joensuu*
2481. — PITBULL . . . . *Pierre Bourgeade*
2482. — LE JOUR DU LOUP . . . . *Carlo Lucarelli*
2483. — CUL-DE-SAC . . . . *Douglas Kennedy*
2484. — BRANLE-BAS AU 87 . . . . *Ed Mc Bain*
2485. — LA VIE EN SPIRALE . . . . *Abasse Ndione*
2486. — SORCELLERIE À BOUT PORTANT . . . . *Achille F. Ngoye*
2487. — AVIS DÉCHÉANCE . . . . *Mouloud Akkouche*
2488. — UN BAISER SANS MOUSTACHE . . . . *Catherine Simon*
2489. — MOLOCH . . . . *Thierry Jonquet*
2490. — LA BALLADE DE KOUSKI . . . . *Thierry Crifo*
2491. — LE PARADIS TROIS FOIS PAR JOUR . . . . . *Mauricio Electorat*
2492. — TROIS P'TITES NUITS ET PUIS S'EN VONT . . *Nicoletta Vallorani*

2493. — LA PENTE . . . . *M.A. Pellerin*
2494. — LA VÉRITÉ DE L'ALLIGATOR . . . . *Massimo Carlotto*
2495. — ÉTUDE EN VIOLET . . . . *Maria Antonia Oliver*
2496. — ANTIPODES . . . . *Maria Antonia Oliver*
2497. — FLOUZE . . . . *Ed Mc Bain*
2498. — L'ÉPOUSE ÉGYPTIENNE . . . . *Nino Filasto*
2499. — BARCELONA CONNECTION . . . . *Andreu Martin*
2500. — SOLEA . . . . *Jean-Claude Izzo*
2501. — MONSIEUR ÉMILE . . . . *Nadine Monfils*
2502. — LE TUEUR . . . . *Frémion*
2503. — ROUTE STORY . . . . *Joseph Bialot*
2504. — RAILS . . . . *Vincent Meyer*
2505. — LA NUIT DU DESTIN . . . . *Christian Gernigon*
2506. — ADIEU COUSINE... . . . . *Ed McBain*
2507. — LA SCOUMOUNE . . . . *José Giovanni*
2508. — HOMME INCONNU N° 89 . . . . *Elmore Leonard*
2509. — LE TROU . . . . *José Giovanni*
2510. — CAUCHEMAR . . . . *David Goodis*
2511. — ÉROS ET THALASSO . . . . *Chantal Pelletier*
2512. — ZONES D'OMBRE . . . . *J. Dutey & Jane Sautière*
2513. — CADAVRES . . . . *François Barcelo*
2514. — CHATS DE GOUTTIÈRE . . . . *Rolo Diez*
2515. — L'ÉNERVÉ DE LA GÂCHETTE . . . . *Ed McBain*
2516. — ÉQUIPE DE NUIT . . . . *M.J. Naudy*
2517. — CONFESSION INFERNALE . . . . *Michel Tarou*
2518. — CASINO MOON . . . . *Peter Blauner*
2519. — LA BICYCLETTE DE LA VIOLENCE . . . . . *Colin Bateman*
2520. — FISSURE . . . . *Francis Ryck*
2521. — UN MATIN DE CHIEN . . . . *Christopher Brookmyre*
2522. — AU PLUS BAS DES HAUTES SOLITUDES . . . *Don Winslow*
2523. — ACID QUEEN . . . . *Nicholas Blincoe*
2524. — CONSENTEMENT ÉCLAIRÉ . . . . *Serge Preuss*
2525. — LES ARDOISES DE LA MÉMOIRE . . . . . . *Mouloud Akkouche*
2526. — LE FRÈRE PERDU . . . . *Rick Bennet*
2527. — DANS LA VALLÉE DE L'OMBRE DE LA MORT . *Kirk Mitchell*
2528. — TÉLÉPHONE ROSE . . . . *Pierre Bourgeade*
2529. — CODE 6 . . . . *Jack Gantos*
2530. — TULAROSA . . . . *Michael McGarrity*
2531. — UN BLUES DE COYOTE . . . . *Christopher Moore*

Composition Nord Compo.
Reproduit et achevé d'imprimer sur Roto-Page
par l'Imprimerie Floch à Mayenne
le 10 février 1999.
Dépôt légal : février 1999.
Numéro d'imprimeur : 45526.
ISBN 2-07-049906-5 / Imprimé en France.

89362